개떡아빠

개떡아빠

김세호 지음

단한권의책

차례

개떡아빠 

철갑똥파리

개떡아빠

할머니와 숯불통닭

'아빠다.'

벽장시계의 작은 막대기와 큰 막대기가 '12'라는 숫자 앞에서 만나려 할 즈음, 아빠가 돌아왔어요.

"아빠가 왔단 말씨……. 당최~, 딸꾹."

언뜻 선잠을 깼지만, 자는 척했어요.

'죽은 듯이 있어야 해.'

"이놈들, 아빠가 왔는데, 감히……."

엄마는 아빠가 풍기는 술 냄새에 코를 막고 오만상을 찡그리며 자는 애들 깨우지 말라고 성화였죠.

"애들 깨요. 학교 가야 한단 말이에요."

"왜 그려? 내 자식 내가 본다는디……."

'죽은 듯이 있어야 해.'

옆자리에 누운 형도 나와 똑같은 심정이었나 봐요.

새우 눈을 하고 보니 형의 눈꺼풀이 파르르 떨렸어요.

"이놈들, 아빠가 오셨는디 인사도 안 하고 잠만 퍼 자냐?"

아빠는 내 얼굴을 턱수염으로 비벼 댔어요. 새로 산 때밀이 수건으로 문지르는 것처럼 뺨이 화끈거렸죠. 그런데도 눈을 뜨지 않으려고 꾹 참고 있었어요. '눈 뜨면 안 돼. 죽은 듯이 있어야 해.'

"아범 왔나?"

소매 없는 괴이한 마고자 차림새의 할머니가 아빠를 반겼어요.

"네, 엄니."

아빠는 넙죽 절을 하고는 할머니께 무언가를 내밀었어요.

"뭐여, 이게?"

"엄니, 통닭 드세유."

앗? 아빠가 통닭을 사 왔네요. 이름하여 숯불구이 양념통닭! 기름에 대충 튀겨 건져 낸 듯한 프라이드치킨과는 차원이 다르죠. 둘이 먹다가 하나가 없어지면 잘됐다 싶어 만세삼창을 부르게 되는 환상적인 숯불통닭이에요. '쿵쿵.'

코를 찔렀던 아빠의 술 냄새 너머, 코를 실룩이게 하였던

달곰한 냄새의 정체가 바로 그것이었나. 정말이지 숯불구이 양념통닭은 맛도 맛이지만, 향이 더 맛있어요.

'킁킁.' 형이 코를 실룩이며 일어났어요. 괜히 그럴 필요는 없는데 말이죠.

"니놈들은 냄새도 맡지 마."

할머니 편히 드시게 신경 끄라는 의미로 한 말이었을 거예요.

'킁킁.'

건넛방에서 자던 누나가 잠옷 차림으로 들어왔어요. 괜히 그럴 필요는 없는데 말이죠.

"얼씬거리지도 마."

아빠의 비호 아래, 할머니는 손가락을 쪽쪽 빨며 숯불구이 양념통닭을 잘도 드셨어요.

'냠냠, 쩝쩝.' 우리는 사자 주변을 서성이는 하이에나처럼 눈을 희번덕거렸어요. '냠냠, 쩝쩝.'

놀랍게도 그 야밤에 할머니는 혼자서 통닭 한 마리를 다 드셨어요. 숯불양념 향이 달차근하게 풍기던 살집 많은 통닭은 앙상한 뼈를 드러낸 채 하얀 잿더미처럼 내려앉았죠. 그냥 까무룩! 할머니가 남긴 통닭 뼈다귀 앞에 외로운 승냥이처럼 웅크리고 있어요.

'어찌 통닭 한 마리를 다 드실꼬?' 그래도 할머니가 밉지는 않아요. 으레 반복되는 일이다 보니 어느새 무신경해졌나 봐요. 그냥 좀 이상하고, 이해가 가지 않을 뿐이에요.

"어쩜, 애들한테 먹어 보란 소리 한 번 안 하시니?"

아빠가 통닭을 사 오는 날이면 엄마는 울화통을 터트렸어요. 괜히 그럴 필요는 없는데…….

'투명자전거'가 된 고물자전거

"아빠, 자전거 갖고 싶어요."

며칠 전부터 자전거가 무척이나 타고 싶었어요. 이층양옥집에 사는 우진이가 자전거 타는 모습이 부러웠거든요.

"한 번만 타 볼게."

"탈 줄도 모르면서……. 자전거 망가져, 저리 가."

짙은 쌍꺼풀 우진이는 옷에 묻은 먼지 털 듯 나를 털어 냈어요. 그럴 때면 나는 땅바닥에 쪼그려 앉아 멀어져 가는 자전거 뒤꽁무니를 아쉬운 표정으로 하염없이 바라보아야 했죠.

'나도 자전거 사서 우진이 녀석 보란 듯이 신나게 타고 다닐 거야.' 그때부터 나는 아빠에게 애교 작전을 펴기 시작했

어요.

"아빠! 자전거, 응?"

아빠는 힘차게 고개를 끄덕였어요.

"우리 막내아들 소원인데, 오늘부터 당장 자전거 배우자."

"정말? 우와, 신난다!"

하늘을 나는 것처럼 기분이 좋았어요. 그러나 시간이 갈수록 그 좋은 기분은 설렘과 초조함이 섞인 묘한 감정으로 바뀌어 갔죠. '아빤 언제 오는 겨?'

온종일 벽장 시계만 쳐다봤어요. 아빠는 저녁이 되어 가게 문을 닫아야 올 거예요.

"엄마, 시간이 왜 이렇게 더디 가?"

"시계만 보고 있으니 그렇지."

아마도 그때가 내 인생에서 가장 긴 하루였을 거예요. 시곗바늘의 달리기 실력이 달팽이 기어가는 속도보다도 느리더라고요. '시간아, 좋게 말할 때 빨리 가라.'

드디어, 어둑어둑 땅거미가 찾아왔어요. 땅거미가 낙하산 펴며 땅바닥에 내려앉기 전, 초인종이 힘차게 울렸어요. '딩동.'

"우와, 아빠다!"

나는 대문까지 나 있는 'ㄷ 자로' 굽은 좁다란 골목을 부리나케 달렸어요.

"아빠, 자전거!"

아빠는 빙그레 웃으며 말했어요.

"아빠보다 자전거가 좋으냐?"

아빠는 속을 알 수 없는 미소를 지었어요. 그러고는 뒤에 숨겨 놓은 자전거를 들어 보였죠. 그때 아빠가 내게 선물해 준 자전거를 평생 잊지 못할 거예요. 그것은 고물자전거였어요. 여기저기 칠이 떨어져 나가 마치 누더기로 덕지덕지 기운 옷을 입혀 놓은 것 같았어요.

"아빠, 이거 탈 수 있어?"

고물자전거는 거지꼴을 하고 있었어요. 몸통 전체에 녹이 슬어 살짝만 건드려도 부서질 것만 같았죠.

"그럼! 페달을 밟아 봐."

아빠 팔에 들려 고물자전거 안장에 앉던 그 순간도 평생 잊지 못할 거예요. 왠지 어울리지 않은 곳에 와 있는 느낌이었다고나 할까요?

"발이 안 닿아."

"그거야 높이를 조절하면 되지."

안장 높이를 조절하는 나사에 녹이 잔뜩 슬어 있었어요. 그것은 고래심줄처럼 단단히 눌어붙어서 풀리지 않았어요.

"바람이 빠졌어."

"그거야 공기를 넣으면 되지."

맥 빠진 자전거 바퀴는 공기를 아무리 넣어도 쉬이 부풀어 오르지 않았어요. 지친 표정의 아빠가 말했어요.

"빵꾸 때워 줄게."

아팠어요. 자전거 안장 삼각앞머리에 불알이 짓눌렸거든요.

"내가 탈 만한 자전거는 아닌 것 같아."

이렇게 투덜거리며 조용히 집 안으로 들어갔어요.

"이게 무슨 자전거야. 아빠 미워!"

그런 말을 했던 것 같아요. 실망에 젖은 마음은 다른 말을 떠올리기도 힘들었나 봐요. '자전거는 꿈속에서나 타야지.'

고물자전거는 다음 날 온종일 마당에 덩그러니 서 있었어요. 가뜩이나 좁은 마당을 더욱 비좁게 만들었죠. '흥' 하고 콧방귀를 뀌며 고물자전거를 발로 차면 속이 좀 후련했을까나. 그냥 까무룩! 내 눈에 아빠의 자전거는 있어도 없는 '투명자전거'예요.

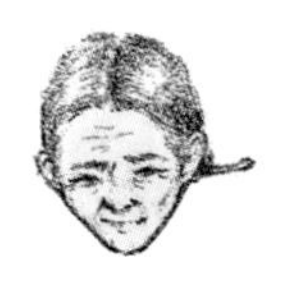

할머니와 개떡

"뭐여?"

할머니가 물었어요. 내 손엔 맛난 크림빵이 들려 있었어요.

"나 먹을 거예요."

"이리 줘 봐."

할머니는 내 크림빵을 빼앗아 갔어요. 그러고는 내가 흉내도 내지 못할 만큼 맛나게 드셨어요.

"그건 뭐여?"

내 손에는 달짝지근한 과일주스가 들려 있었어요.

"할머니, 이건 나 마실 거예요."

"이리 줘 봐."

할머니는 내 과일주스를 빼앗아 갔어요. 그러고는 내가 흉내도 내지 못할 만큼 맛나게 들이키셨죠.

"뭐여?"

맛난 군것질거리나 간식거리가 손에 들려 있을 때면 어김없이 할머니의 말소리가 들렸어요. 그리고 거의 언제나 이런 말이 이어졌죠.

"이리 줘 봐."

"싫어요."

"이 애새끼가……?"

할머니를 이해해야 해요. 방정환 아저씨가 '어린이'라는 말을 만들기 전에는 다들 '애새끼'라고 불렀다죠. 할머니는 지금 나름 귀여운 손자를 부르고 있는 거예요.

"할머니한테 잘해."

평소 아빠의 훈계 때문에 그런 것만은 아니에요. 그게 옳다고 생각지도 않아요. 그냥 내주는 게 맘 편할 것 같아서일 뿐이에요.

"드세요."

할머니는 치매나 여타 노인병에 걸리신 분이 아니에요. 여든을 훌쩍 넘긴 나이에도 잔병치레 없이 건강했고 정신도 또렷하셨어요. 어느 때는 나보다도 기억력이 좋아 무슨 물건이 어디에 있는지 족집게처럼 알아내셨어요.

"뭐여?"

아빠 가게에서 일하시는 분들도 할머니에게는 꼼짝하지 못했어요. 할머니는 아빠 가게에서 돈 관리를 하셨어요. 그래서 늘 할머니의 허리춤에는 커다란 돈주머니가 앞치마처럼 달려 있었죠. 난 할머니의 돈주머니가 무서웠어요. 돈주머니 짤랑거리는 소리는 상어의 출현을 알리는 수면 위의 지느러미처럼 이제 곧 할머니가 나타난다는 신호였어요.

"뭐여?"

바밤 바밤, 바밤바르르-. 영화 〈조스〉의 배경음악이 들리는 것도 같아요.

"뭐여?"

허리춤에 찬 큰 칼처럼 할머니는 돈주머니를 휘날리며 끊임없이 물었어요.

"그것은 뭣이여?"

꿈을 꾸면 가끔 할머니가 나와요. 무인도에 할머니와 나 단둘이 있는 거예요. 불쌍하게도 식량이 다 떨어졌어요. 그럼 할머니가 나를 쳐다보는 거예요. 나는 고양이 앞의 생쥐처럼 오들오들 떨어요.

'설마, 할머니가 날 잡아먹기야 하겠어?'

생각은 그리 해도 몸이 오들오들 떨려요. 그 꿈을 꾸고 나면 신기하게도 꼭 감기에 걸렸어요. 몸살감기 아니면 적어도 목감기에는 걸렸어요. 어느 감기에 걸리든 기침이 심하게 났어요.

"콜록콜록."

따갑게 기침하는데, 할머니가 물었어요.

"뭐여?"

"개떡이요."

욕을 한 게 아니라 진짜로 내 손엔 개떡이 들려 있었어요. 엄마는 가끔 쑥으로 떡을 빚어 아무 맛도 안 나는 개떡을 만들곤 하셨죠.

"그려?"

입맛을 한 번 다시며, 웬일인지 할머니는 개떡을 빼앗아 가지 않았어요. 개떡을 꿀에 발라먹으면 얼마나 맛있는데……, 가만 씹어도 맛있어요.

'냠냠.'

첨엔 나도 개떡을 개똥 보듯 했어요. 떡집 망신은 개떡이 다 하는 것 같았죠. 그렇지만 알면 알수록 매력 있다니! 개떡을 가만히 씹으면 구수한 쑥 향이 나요. 깊이 있는 단맛과 함께 코끝에 스치는 쑥 향이 감미롭고도 신선했죠.

'냠냠?'

개떡을 씹으며 좋은 생각이 났어요. '할머니 약점은 개떡이로구나!'

그다음부터 할머니의 '뭐여?' 물음에 '개떡방패'로 맞설 수 있었어요.

"뭐여?"

"개떡이요."

내 손엔 알사탕이 있었어요.

"뭐여?"

"개떡."

물론 내 손엔 개떡이 없었어요. 할머니는 눈이 어두웠으니 뒷짐 지며 대충 모른 체하면 그만이었어요. 한 번 약점이 드러나니 철옹성 같던 할머니의 단점이 속속들이 드러나기 시작하네요.

"뭐여?"

"개떡이요."

"뭐여?"

"개떡, 개떡."

"어디 한 번 봐봐."

'헐, 이걸 어쩐다.'

무슨 일에서나 지나치면 안 돼요. 걸핏하면 '개떡, 개떡' 하니까 할머니에게 의심을 샀어요. 나는 다행히 짙은 초록색 웃옷을 입고 있었어요. 쑥색을 닮은 웃옷에 손에 들고 있던 만두를 납작하게 싸서 할머니에게 보였어요.

"개떡이라니……."

할머니는 샐쭉한 표정으로 돌아섰어요. 그날 밤 꿈에 할머니와 나 단둘이서 무인도에 있었어요. 식량은 다 떨어졌고, 정해진 수순처럼 할머니는 나를 쳐다봤어요. 천천히 발끝부터 떨리며 오한이 느껴졌어요. 그때 어디선가 개가 짖었어요.

"멍멍."

집채만 한 짙은 초록색 개가 나타났어요. 초록색 개는 할머니에게 달려들었어요. 할머니는 자맥질하며 허겁지겁 달아났어요. 왠지 통쾌했지만 그래도 가만두면 안 될 것 같아요. 초록색 개가 할머니를 물면 어떡해요. 그래도 할머니인데……. 난 소리쳤어요.

"할머니를 놔 줘."

초록색 개는 할머니 대신 나를 노려봤어요. 나도 놈의 눈을 뚫어지게 쳐다봤죠. 웬일인지 초록색 개가 무섭지 않아요. 생긴 건 사나워도 초록개의 눈동자는 초롱초롱했어요.

"초롱이, 가만있어."

내가 지어 준 이름이 마음에 들었는지 초롱이는 혀를 내밀며 꼬리를 흔들었어요.

"멍멍, 킁킁!"

꿈속의 초롱이는 내 말을 잘도 따랐어요. 초롱인 코를 킁킁이며 땅속에서 버섯이랑 빵을 찾아냈어요. 난 무인도에서 음

식 떨어질 걱정 없이 하얗게 부서지는 파도 사이를 누비며 초롱이와 뛰어놀았어요. 그때……,

"아빠 왔다."

늦은 저녁 아빠가 돌아오셨어요. 나는 아직도 잠결에 아빠를 보는 것 같아요. 아빠가 초롱이와 겹쳐 보이는 건 웬일일까요? 아빠는 할머니부터 찾아 인사를 올렸어요.

"엄니, 저 왔슈."

"그려."

정해진 수순처럼 아빠는 할머니에게 무언가를 건넸어요. 나는 아빠가 무슨 맛난 거를 사왔나 지켜봤어요. 아빠가 맛있는 걸 사올수록 속은 쓰릴 거예요. 그래도 모르는 것보단 아는 게 나아요. 그럴 필요도 없고 달라질 것도 없지만, 그 편이 조금이라도 마음 편하다니…….

"엄니, 이거 드세유."

고소한 향이 모락모락 나는 군밤이었어요. 밤에 과식하는 것보다 건강을 해치는 일이 없다면서요? 그런데 할머니를 보면 그 말이 틀린 것 같아요. 할머닌 아빠가 사온 맛난 간식을 그 늦은 밤에 오독오독 잘도 씹어 드셨어요.

'오도독.'

어쩜, 군밤 먹는 할머니 뺨에 윤기가 가득하네.

'오독 오도독.'

어쩜, 알알이 군밤은 할머니 입속으로 쏙쏙 잘도 사라지네.

"아범아, 이거 참 맛나구나."

"엄니, 천천히 드세유."

"그려."

웃는 아빠를 보며 이런 말을 외치고 싶어요.

"아빠, 나도 입이라고요."

그 말을 하기엔 너무 늦었어요. 늦지 않아도 달라진 건 없을 거예요. 내 입은 아빠 눈에 투명하게 보이나 봐요.

'꺼억.'

고소한 군밤 향도 맡을 수 없게 되었네요. 오롯이 아빠의 사랑을 잘도 드신 할머니는 꼭 트림을 했어요. 할머니 트림 소리는 아빠를 행복하게 했어요.

"엄니, 행복하게 오래오래 사세유."

"꺼억, 그려."

할머니가 부러워요. 아빠의 사랑을 개떡이라고 할 수 있으면 좋을 텐데…….

지긋지긋한 태권도 배우기

"꺼억~."

내 트림 소리도 아빠를 행복하게 할까 싶어 부러 했어요. 아빠가 말했어요.

"뭐여? 드럽게……."

그러고는 말씀하셨어요.

"남들한테 뒤처지지 않으려면 학원에 다녀야 해."

학원에 다니려는 이유가 남들한테 뒤처지지 않기 위해서라는 생각을 해 본 적은 없었어도 그 말은 꽤 근사하게 들렸어요. 아빠가 물었어요.

"뭘 배우고 싶으냐?"

나는 잠깐 생각하다 답했어요.

"피아노."

"피아노? 그런 건 지지배나 하는 거야."

"그럼, 바이올린."

"바이올린?"

곱씹는 아빠의 눈을 보며 귀를 쫑긋 세웠어요. 아빠는 거침없이 말했어요.

"그것도 지지배나 하는 거야."

"그럼……."

다른 생각을 떠올리기도 전에 아빠가 말했어요.

"남자라면 제 한 몸 지킬 줄 알아야 해."

나는 아빠가 무슨 말을 할지 애초부터 알고 있었어요. 약해 빠져선 이 세상 살아 나갈 수가 없다며 며칠 전부터 태권도 배우라 잔소리처럼 말씀하셨거든요.

'쩝. 태권도는 싫은데…….'

아무리 생각해도 태권도는 별로였어요. 아빠는 계속 거침없이 말했어요.

"사람이 출세하려면 말을 잘해야 해. 내일부터 웅변이랑 태권도 배워."

그다음 날부터 형과 나는 웅변학원이랑 태권도학원에 다녀야 했어요. 누나는 이미 주산학원에 다니고 있었고요. 지금은 주산학원이 없어졌죠? 셈을 정확히 하기 위해 주판 튕기는 법을 배우는 곳인데, 지금은 컴퓨터 때문에 아무 필요 없는 기술이 되어 버렸죠. 당연히 주판은 종적을 감추었고요.

"이 연사, 소리 높여 외칩니다."

웅변학원에서 배운 거예요. 또래 개구쟁이 친구를 만나서 그럭저럭 할 만했어요.

"얍, 얍!"

태권도를 하는 중이에요. 주먹을 뻗으며 기합을 크게 질러야 해요. 허공에 주먹질하며 기합 얍!

"준비!"

이제는 품새를 배워야 해요. 정해진 동작을 따라 하며 순서를 까먹거나 동작이 틀리면 안 되죠.

"차렷, 경례!"

겨루기하려고 도장 한가운데로 나왔어요. 주먹 쥔 손을 가슴에 모으고 상대를 노려봐야 해요. 침이 절로 꼴깍 넘어가요. 겨루기 상대도 나를 노려보고 있어요. 심장이 두근두근 뛰어요. 싸움 같은 이것을 왜 해야 할까요?

'꿀꺽!'

우리나라의 국기인 태권도를 헐뜯을 마음은 눈곱만큼도 없어요. 그러나 난 태권도가 싫어요. 다른 아이들이 겨루기하는 모습을 볼 때면 내가 겨루기하러 들어갈 때보다 더 무서워요. 그리고 이 말이 제일 싫어요.

"차렷!"

겨루기 시합에 관장님이 끼어들 때는 더 힘들어요. 똑바로 안 하느냐며 호통치는 바람에 설렁설렁 흉내만 내서는 겨루기를 끝낼 수가 없어요. 관장님의 입에서 내가 두 번째로 싫어하는 말이 나오네요.

"똑바로 못해?"

관장님의 그 한마디에 도장 안엔 검투사들의 싸움장에서나 맡을 수 있을 듯한 피비린내가 진동해요. 때로 관장님은 체급을 무시해서 겨루기를 붙일 때가 있어요. 플라이급이랑 헤비급을 붙이는 거죠. 왜 그런지는 정말 모르겠어요.

"너 나와."

내가 호명됐어요. 가슴에 발차기 당한 것처럼 벌써 심장이 쪼그라들어요.

"홍탁이 나와."

홍탁이는 웬만한 중학생 형들보다도 몸집이 커요. 홍탁이에 비하면 난 그야말로 파리(플라이)죠.

"차렷, 경례!"

홍탁이가 가소롭다는 듯 씩 웃었어요. 나는 관장님께 애처로운 눈빛을 보냈어요. 이 무의미한 겨루기 시합을 제발 멈춰달라며……. 그런데 관장님이 웃었어요. 홍탁이의 얼굴에 떠오른 미소와 똑같았죠.

"야압."

기합을 지른다는 게 모기 기어가는 소리도 나오지 않네요. 조금만 더 크게…….

"야~ 압."

고슴도치처럼 몸을 동그랗게 말고는 큰 원을 그리며 홍탁이를 피해 도망 다녔어요. 혹시 전봇대가 옆으로 움직이는 것을 본 적 있나요? 불행하게도 난 그걸 보았어요. 홍탁이는 전봇대 같은 다리를 풍차 돌리듯 무지막지하게 휘둘러 댔죠.

"얍!"

놈의 기합 소리만으로도 내 몸은 바람에 나풀거리는 풀잎처럼 벌벌 떨렸어요.

"으라차차, 얍, 얍!"

돌아가는 선풍기 날개에 손가락을 대면 안 되겠죠? 돌아가지 않는 선풍기 날개라도 절대 손을 대면 안 돼요. 플러그가 꽂혀 있을 수도 있고 잘못해서 동작 단추를 누를 수 있거든요.

"똑바로 못해?"

관장님이 소리쳤어요.

'똑바로 하다가 죽을 일 있음?'

황조롱이를 피해 다니는 산비둘기처럼 빙빙 자리를 맴돌았어요. 약이 올랐는지 홍탁이가 갑자기 나를 덮쳤어요. 순간,

내 눈에 비친 것은 홍탁이가 아니라 곰이었어요. 몸이 한데 엉킨 채 녀석의 침이 내 얼굴 위로 떨어졌어요. 비릿한 침 냄새……, 그래도 전봇대에 얻어맞는 것보단 나아요.

"그쳐. 관장님께 대하여 경례."

아, 태권도가 정말 싫어요. 아빠, 난 이것을 왜 해야 할까요?

센베이 과자

"이놈들아, 아빠다."

아빠가 왔어요. 이 책을 읽으며 설마 아빠가 너무 자주 나온다고 불평하는 이는 없겠죠. 아빠는 바깥일을 마치면 돌아오는 법이에요. 수고한 아빠를 위해 따뜻한 인사 한마디 해야겠죠?

'자는 척하긴 다 틀렸군.'

벽장시계의 작은 막대기와 큰 막대기가 아직 숫자 '10' 근처에도 못 가고 있었어요. 이제 막 잠자리를 펴고 누웠거든요. 그래도 애써 단잠에서 깨어난 척 눈을 비비고 일어났어요.

"아빠 왔어요?"

"아빠가 네 친구냐? 아빠 오셨어요, 해야지."

말이 살짝 짧다고 누나랑 형은 아빠한테 막 혼났어요.

"아빠 왔쪄?"

"그래, 우리 막둥이!"

누나랑 형과 비교하면 말이 많이 짧은데도 아빠는 나를 혼내지 않아요. 아빠가 혼낼 때는 얼굴 부비는 것을 마다할 때예요.

"아빠, 싫어. 수염 따가워!"

"가만있어. 이놈."

오늘은 아빠가 뺨 부비를 하지 말아야 할 텐데 말이죠. 내 얼굴에 마른버짐이 다 폈어요. 허연 때처럼 일어난 그놈들 때문에 얼굴이 얼마나 흉한지……. 그런데 이놈들이 꼭 양 볼과 미간 사이에만 피었어요. 거울을 보면 슬픈 분장을 한 광대 같았죠.

'버짐 따위.'

흉한 버짐을 긁어내면 더 허옇게 일어나고 더 가렵고. 오서방네 약국에서 지어 온 둥근 통에 담긴 연고를 발라도 소용없더라고요.

"뭐여?"

아빠가 내 얼굴을 보며 말했어요. 버짐이 피어 내 얼굴은 광대분장을 한 듯 허옇게 뜨거나 오서방네 약국의 번질거리는 연고 덕에 기름칠한 것처럼 되곤 했어요.

"애 얼굴이 왜 이 모양이여?"

번질거리는 내 얼굴을 보며 아빠는 뺨 부비를 포기한 것 같아요. 엄마가 아빠 물음에 답했어요.

"잘 낫지 않네요."

내 얼굴의 마른버짐은 겨울이면 항상 따라다니는 불청객 같은 존재였어요. 날씨가 쌀쌀해질 때면 연례행사처럼 되풀이되는 현상이라 새로울 것도 없었죠. 내 얼굴을 보는 아빠의 눈동자에 날이 서 있었어요.

"이게 다 약해빠져서 그래."

그러고는 덧붙였죠.

"운동을 해. 춥다고 움츠려 있지 말고. 그리고 약을 더 발라. 듬뿍, 많이."

이렇게 번질거리는데 약을 더 바르라고? 오서방 네 약국 연고를 바르면 얼굴에 두꺼운 비닐을 씌운 것 같아요. 답답해서 잠도 이루지 못할 지경이라니…….

"아범 왔나?"

"네, 엄니. 이거 드세유."

'어? 오늘은 아빠가 뭘 사왔지?'

괜히 기대할 필요는 없을 것 같아요. 어차피 그건 내 입을 외면하고 혀를 괴롭힐 테니까…….

“뭔디?”

“과자예요.”

아빠는 그렇게 말했지만, 그건 그냥 과자가 아니었어요. 바로 센베이 과자였죠.

‘헐, 센베이.’

지금은 그 과자를 뭐라 부르나요? 그리 좋은 어감은 아니어서 지금은 다른 이름으로 바뀌었을 거예요. 과자 이름이 무엇이 되었든 그때의 센베이 과자는 최고로 맛있고 값비싼 과자였어요. 부챗살처럼 넓게 퍼진 과자 모양에 송송이 박힌 김을 뜯어먹는 건 참 별미였죠.

‘바삭바삭, 와작와작.’ 무엇보다 바삭하고 씹히는 맛이 최고였어요. 조그만 구슬 모양 과자에 꿀을 버무려 만든 것도 오독오독 씹는 맛이 그야말로 꿀맛이었죠.

‘냠냠, 바삭바삭.’

할머니는 창백할 정도로 하얀 봉지 안의 센베이 과자를 꺼내 잘도 드셨어요.

‘쩝쩝, 와작와작.’

센베이는 할머니 입에서 아이스크림처럼 녹았어요.

“늬들도 줄까?”

잠시지만 할머니가 그 말 한 것을 들은 것도 같아요.

‘꼴깍.’

입안에 샘물처럼 솟아나는 군침을 연신 목구멍으로 넘겼어요.

'설마, 저 많은 과자를 오늘 저녁에 해치우시는 건 아니겠지?'

'숯불통닭은 괜찮으니 센베이만은 꼭 한 입 먹고 싶다.'

누나랑 형의 마음속 생각이 귓가에 들린 것도 같아요. 내 마음속 생각도 누나와 형과 별반 다르지 않았거든요.

"이것들."

우리 생각을 아는 것처럼 아빠가 호통쳤어요. 군침 삼키던 승냥이들은 절로 뒤로 물러났죠.

"엄니만 두고두고 드세유."

아빠의 말을 이어받은 할머니의 다음 말이 마침표를 찍었어요.

"그려."

그날 저녁 엄마는 평소보다 더 많이 울화통을 터트렸어요. 숯불통닭 냄새가 집안에 진동할 때면 엄마와 아빠가 싸우는 소리가 들렸어요. 그래서 아빠는 차림표를 바꾸신 것 같아요. 그러나 그 새로운 차림표는 집안에 적응하기는커녕 성난 말벌 떼를 풀어 놓은 것 같았어요.

'쨍그랑.'

접시 깨지는 소리가 들렸어요.

'우당탕.'

주전자 날아가는 소리가 들려요. 아마도 내일은 구수한 보리차를 끓여 주던 주전자가 제 기능을 하지 못할 거예요. 깨지고 부서지는 소리 중간에 엄마의 고함소리가 퍼졌어요.

"니 엄니 모시고 나가."

"이 여편네가……."

부모님이 싸우셔서 마음이 아픈 건 아니에요. 숯불통닭이나 센베이 과자 때문도 아니에요. 할머니가 밉거나 아빠가 원망스러운 것도 아니에요. 내 마음은 실망하지도 좌절하지도 않아요. 아빠는 효도를 하려는 것뿐인데요, 뭘…….

'센베이 하나 먹으면 버짐이 없어질 것 같은데…….'

그 생각과 함께 내 마음은 텅 비었어요.

할머니의 '빨간 돈'을 훔치다

아빠가 센베이 과자를 사 왔던 그날 저녁을 기억하세요? 다음에 들려줄 이야기는 비밀이에요. 그래서 소곤거리는 작은 목소리로 말할게요.

'센베이를 어디다 숨겨 놨지?'

나는 다락방 계단 밑을 뒤졌어요. 다락방으로 통하는 계단 옆에는 할머니의 벽장이 있어요. 그 벽장에는 할머니의 물건들이 있어요. 다락방에 드나들 때면 계단 밑에 언뜻 할머니의 물건들이 보였죠.

'어디 있지?'

근접하기 힘든 할머니만큼이나 그 벽장은 접근하기 어려

웠어요. 그곳을 뒤진다는 것은 어마어마한 용기가 필요한 일로 간땡이가 부었거나, 심하게 버르장머리가 없는 아이가 아니면 감히 할 수 없는 일이죠.

'없네?'

이상하다. 간밤에 다 드시지는 않았는데?

"아범아, 속 달치다."

그 말을 하고는 할머니는 센베이 과자를 어디다 감춰 두었어요. 아빠가 감히 보지도 못하게 해서 그게 어디일지 확실치 않을 뿐이죠.

'분명히 있을 텐데……?'

할머니는 가게에서 하나씩 꺼내 드시려고 센베이를 돈주머니에 넣었을까요? 내 뒤적거림이 귀찮았는지 할머니 물품 중 하나가 쓰러졌어요.

'아뿔싸!'

할머니가 바르는 머릿기름 병이 쏟아졌어요. 머릿기름이 손에 미끄덩거리며 독한 포르말린 냄새를 풍겼어요. 할머니는 외출할 때면 늘 머릿기름으로 머리칼을 말쑥하게 빗었어요. 머릿기름이 떨어지면 외출도 하지 않았어요. 엄마가 그걸 새로 사 놓을 때까지 집안을 쑥대밭으로 만들어 놓았죠.

'난리 났네.'

그걸 쏟았으니 야단보다 더한 난리가 난 거예요. 생각해 보면 할머니는 우리를 때리거나 하지는 않았어요. 화가 나면 상대를 가리지 않고 "이 새끼가……" 하고 마셨죠.

그런데 그 말이 참 무서웠어요. 매보다도 아팠죠. 생각해 보면 참 이상해요. 그걸 카리스마라고 해야 할까요? 어찌 되었든 할머니의 카리스마는 곁에 가까이 가는 일조차 싫게 만들었어요.

'어떡하지?'

나는 머릿기름이 벽장 바닥에 스며들기 전에 손으로 부랴부랴 담아 기름병에 넣었어요. 먼지 묻은 머리카락 하나가 미끄럼 타듯 기름병으로 들어가네요. 어찌어찌 기름 반 먼지 반으로 기름병을 채웠어요.

'앗, 이게 뭐야?'

기름 냄새가 진동했어요. 분명히 할머니의 머릿기름은 포르말린 냄새가 아닐 거예요. 언뜻 사향 냄새가 배어 있는 것도 같아요. 그렇지만 그때 코를 찌르던 기름 냄새는 지독한 포르말린 냄새였어요.

'칙칙.'

여름에 쓰던 모기약을 뿌렸어요. 그것도 모자라 습기 먹은 벽지의 곰팡이를 떼어 내어 적당히 위장했어요. 이제 그럭저럭 괜찮다 싶을 때쯤 내 눈을 의심할 만한 일이 생겼어요.

'뭐여? 이건…….'

보물섬을 찾은 이가 그런 희열을 느꼈을까요? 떼어 낸 벽지 틈에 거금이 있는 거예요.

'빨간 돈.'

그것은 다름 아닌 오천 원짜리 지폐였어요.

'이게 웬 개떡이냐?'

이 돈이면 센베이과자를 열 봉지 넘게 사 먹을 수 있고, 좋아하는 팽이와 딱지는 각각 천 개, 만 개씩은 모을 수 있을 거예요. 어쩌면 자전거를 살 수도 있을까나?

'벽지를 메꾸자.'

이번에는 뜯긴 벽지를 원상태로 만들려고 안간힘을 썼어요. 이 돈의 임자가 누구일지는 불 보듯 뻔했으니까요. 설마 엄마나 형, 누나나 아빠가 이곳에 돈을 꽂아 놓았겠어요?

'알아차리면 어쩐다지?'

저녁에 아빠와 같이 들어오시는 할머니를 유심히 살폈어요. 그분의 거동 하나하나를 올빼미 눈을 하고 지켜봤죠.

'부스럭부스럭.'

저녁 식사를 끝내고, 할머니는 벽장을 한동안 뒤졌어요.

'지금이라도 실토를 할까?'

생전 처음 만져 보는 이 큰돈을 가지고 있는 것도 부담이었어요.

'부스럭부스럭.'

벽장을 뒤지는 할머니의 부스럭거리는 소리에 식은땀이 났어요. 마치 거친 파도에 심장이 요동치는 것 같았죠.

"어멈아."

'뭐지?' 내가 돈을 훔쳤다는 것을 알아차린 것일까?

"네, 엄니."

엄마가 달려왔어요. 오줌보가 쪼그라들었다니…….

"머릿기름이 얼마 없구나."

그것으로 끝. 할머니는 저녁에 곁들인 반주가 부족했는지 기름병 옆에 서 있던 소주를 한 모금 마시고는 벽장문을 닫았어요. 기름병을 들고 방을 나서던 엄마의 말소리가 아직도 귓가에 지나가네요.

"이상하다? 많이 있었는데……."

눈송이와 소꿉사랑

빨간 돈을 어떻게 썼는지 궁금하죠? 그때는 십 원으로도 할 수 있는 일이 참 많았어요. 구슬 두 개를 사서 구슬치기를 할 수 있었고, 쫀디기라는 불량식품을 사서 연탄불에 구워 먹으면 참 맛있었죠. 백 원이면 구슬 스무 개, 혹은 쫀디기 열 판을 살 수 있었어요. 흥정만 잘하면 같은 값을 치르고도 구슬 다섯 개, 쫀디기 두 판을 더 얻을 수 있었죠. 그리고 오십 원으로 팽이를 살 수 있었어요. 그런데 오십 원짜리 팽이는 좀 엉성했어요. 잘 돌아가지도 않고 쉽게 깨졌죠.

'팽이 살까나.'

나는 그때 팽이놀이에 한창 열을 올리고 있었어요. 백 원짜리 팽이는 그럭저럭 쓸 만했고, 삼백 원짜리 팽이가 가장 좋은 거였는데, 삼백 원짜리 팽이를 갖는 게 소원이었어요. 그리 보니 테두리에 금속 테를 두른 삼백 원짜리 팽이가 눈앞에서 뱅글거리며 돌아가네요.

'뱅글뱅글, 소원을 이룰까나.'

그럼, 빨간 돈으로 소원을 이루었을까요? 그렇게도 가지고 싶었던 삼백 원짜리 팽이를 샀을까요? 아니에요. 부자가 되어서 그런지 팽이놀이가 좀 하찮아 보이더라고요. 팽이치기 하는 아이들 보니, 힘들게 저런 걸 왜 하나 싶기도 하고……, 바로 엊그제 내가 그 자리에서 똑같은 놀이를 하고 있었으면서 말이죠.

'어떻게 쓴다?'

거금의 빨간 돈을 어떻게 쓸까 고민에 빠졌어요. 속을 잘 모르는 사람은 행복한 고민이라고 말할 법도 한데, 어떤 고민도 행복하지 않아요. 고민은 심각하고 골머리 썩는 거예요.

'의심받겠지?'

클로버문방구의 코주부 아저씨는 듬쑥한 사람이었어요. 너무 많은 돈을 쓰면 아무리 학용품을 사도 절약하라고 말했죠. 평소 이십 원 달랑달랑 쓸까 말까 하는 내가 빨간 돈을 내밀면 경찰부터 부를 것 같았어요. 그래서 옆의 이웃 문구점으로 갔어요. 조립식 장난감을 하나 들며……,

"아빠가 돈 거시러 오라고 했어요."

다행히 문구점 아줌마는 조립식 장난감 값을 뺀 나머지 거스름돈을 내주었답니다. 이제 쓰기 편하게 되었네요. 그런데 좀 아쉽기도 해요. 보석이 깨져서 값어치가 줄어든 것도 같고……, 돈을 보석처럼 느끼는 건 나만 그런가요?

'좋다!'

클로버문방구의 진열장을 바라봤어요. 진열장에는 코주부 아저씨의 가장 값나가는 물건들이 진열되어 있었어요. 적어도 이천 원 이상의 고가품만 이 중에 낄 수가 있었죠. 천사표 공주가방이 보이고, 알록달록 예쁜 블록 쌓기, 그리고 내 몸통만 한 그레이트 마징가가 눈에 들어오네요.

'눈송이의 의사상자…….'

그중에 의사놀이상자가 눈을 사로잡아요. 한때는 이것을 갖고 싶어 안달이 난 적이 있었죠. 지금의 다락방이 있는 집으로 이사 오기 전에 용강동 윗마을에 살았었어요. 주상복합 단칸방이었는데, 엄마는 가게 터에 구멍가게를 냈어요.

'냠냠, 쪽쪽.'

'깐도리'라는 하드(아이스바)를 몰래 꺼내 빨아먹던 기억이 나요.

"맘대로 꺼내 먹어도 돼?"

옆집 너머 좀 더 옆집에는 눈송이 네가 있었어요. 눈송이는 내가 냉장고에서 깐도리 꺼내 먹는 모습이 이상했나 봐요.

"울 엄마 가게야."

"그래도 엄마한테 허락을 받아야지."

눈망울이 순박하게 빛나던 눈송이가 그렇게 말했어요. 사실, 눈송이는 다른 이름이 있었어요. 그런데 눈송이의 진짜 이름은 기억나지 않네요. 내 첫사랑이었는데…….

'이키!'

첫사랑의 정체를 들켜 버렸네. 어찌 되었든 나는 눈송이에 깐도리를 절반 뚝 잘라 나누어 주었어요.

"이건 (너와 나의) 비밀이야."

눈송이는 한동안 머뭇거리더니 내 깐도리를 받았어요. 우리 둘은 깐도리를 빨아먹으며 동네 한 바퀴를 쏘다녔어요.

"내일은 나랑 소풍 가자."

눈송이의 말이 의아했어요. 소풍은 학교에서 가는 거로만 아는데……,

"소풍 가자."

다음 날 눈송이가 부르는 소리에 절로 토끼눈이 되었어요. 프랜치캣 원피스에 꼬불거리는 하얀색 레이스, 낭만을 담은 듯한 푸른색 차양 모자와 벨벳 멜빵, 그리고 목을 부드럽게 감싼 살굿빛 머플러. 설원의 소망을 담은 알프스 소녀가 눈앞에 나타난 것 같았죠. 공교롭게도 나는 코를 후비적거리고 있었는데, 참으로 부끄러웠어요.

"뭐해? 어제 약속했잖아."

"으응……."

눈송이를 쳐다보느라 한동안 넋을 잃고 있었어요. 으레 동네 아이들과 딱지치기하기로 되어 있었지만, 오늘 딱지치기가 잘 되어 백만 장을 딸 수 있다 해도 코안의 코딱지만큼이나 소용없다니…….

"응, 가야지. 소풍."

티 안 나게 코딱지를 튕겨 내며 눈송이를 따라나섰어요. 눈송이와 나란히 걸으며 어깨가 스치는데 심장이 콩닥콩닥, 가슴은 벌렁벌렁, 푸르디푸른 하늘은 은근 쪽빛. 속마음을 들키지 않으려 잘 부르지도 못하는 휘파람을 불었어요.

"룰루랄라!"

그런데 소풍은 별거 아니었어요. 동네 어귀에 세 평 남짓 조그맣게 잔디 깔린 공터가 있었는데, 거기에 돗자리 펴고 앉는 거였죠. 주변엔 허물어진 돌기둥이 처량하게 서 있었고, 그 밑으로 이름 모를 잡초가 무성하고, 강아지풀이 갈대처럼 뻗어 자란 곳이에요.

"……."

눈송이와 나란히 앉아 멀뚱멀뚱. 딱지치기나 망차기에 익숙한 나는 무엇을 해야 할지 모르겠더라고요.

"해당화가 곱게 핀 바닷가에서~.♪"

갑자기 눈송이가 노래를 불렀어요.

"나 홀로 걷노라면 수평선 멀리.♬"

무슨 노랜가 싶어 눈만 껌벅껌벅, 눈송인 따라 부르라며 눈을 찡긋찡긋.

"갈매기 한두 쌍이 가물거리네.♩"

결국, 참지 못하겠는지 눈송이가 노랠 멈추고 말했어요.

"뭐해? 따라 부르지 않고."

좀 많이 당황했지만…….

"네 목소리가 너무 고와서 감상하고 있었어."

'배시시.'

눈송이의 미소에서 그런 소리가 들렸어요. 보조개가 활짝 핀 얼굴로 눈송이는 다른 노래를 불렀어요.

"동구 밖 과수원 길 아카시아 꽃이 활짝 폈네.♩"

옳지, 이 노래는 나도 안다니……. 다음 절은 내가 불러야지.

"하얀 꽃 이~ 이파리……."

그 담이 뭐였더라? 쩝.

"호호호."

입맛을 다시는데, 눈송이가 까르르 웃음을 터트렸어요.

"너 참 웃기게 생겼다."

단 한마디의 말에 양 볼이 부들부들 떨렸어요. 심상찮은 기운을 느꼈는지 눈송이가 덧붙였어요.

"재미있게 잘생겼어!"

고래? 내가 말이야. '넌 참 웃기게 예뻐!' 좀 다른 표현으로 '더럽게 귀여워!'라고 하면 넌 기분 좋겠니?

'이런 앙칼진…….'

자리에서 벌떡 일어났어요.

"미안해, 오빠!"

그 말에 다리 힘이 풀렸어요. 온순한 양처럼 눌러앉아 눈송이와 소꿉놀이를 했다니! 엄마아빠 놀이를 위해 열심히 살림살이를 장만하는데……,

"뽀뽀해 줄게."

눈송이는 다짜고짜, 아니 참스럽게도 내 뺨에 뽀뽀했어요. 세평 남짓 조그맣던 공터가 궁궐이 되고 폐허인 돌기둥이 화려한 병풍이 되었어요.

"옛날에 금잔디 동산에 매기 같이 앉아서 놀던 곳~.♪"

눈송이에게 노래를 배워 따라 불렀어요. 우리는 그곳을 노래하는 잔디정원이라 이름 붙였답니다.

"잔디정원 가자."

이번엔 내가 눈송이를 불렀어요. 눈송이와 잔디정원에 가는 것은 이 세상 그 무엇보다 근사했어요. 그 재미난 팽이치기와 자치기, 딱지치기 놀이도 잔디정원의 강아지풀 한 포기

만도 못할 거예요. 강아지풀을 살짝 쥐고 꿈쩍거리면 살아 움직이는 것처럼 스멀스멀 올라와요.

"호호호."

눈송인 내가 하는 모든 것이 재미있나 봐요.

"소꿉장난하자."

눈송이와 하는 소꿉장난은 최고로 재미있었어요. 아쉽다면 소꿉장난으로 쓸 만한 밥공기며 요리 도구가 부족하다는 거예요. 얼마 안 되는 세간살이마저 눈송이가 가지고 온 거예요.

"오늘은 동생이랑 놀아야 해."

눈송이에게 여동생이 있었는데, 언니를 쏙 빼닮아 참 예뻤어요. 눈송이 동생은 말했어요.

"오빠, 우리 의사놀이하자."

오빠라는 말 듣는 게 넘 좋아! 눈송이를 만나러 갈 때면 가슴이 콩닥거렸는데, 눈송이 동생한테서 오빠라는 말까지 들으니 가슴이 아예 배 밖으로 나가 버렸죠.

"의사놀이는 무엇으로 하지?"

그런데 의사놀이 할 만한 것이 없네요. 변변한 진찰 도구 하나 없이 어찌 환자를 치료할까나!

"그냥 엄마아빠놀이 하자. 넌 우리 딸이야."

눈송이가 말했어요. 뜻하지 않게 눈송이랑 백년가약 한 부부가 되었네요. 예쁜 딸내미도 있는……. 생각만으로도 뿌듯

하고 좋았어요. 내친김에 풍선만큼 부푼 마음으로 눈송이에 프러포즈했어요.

"우리 커서도 신랑 신부 할까?"

눈송이는 잠깐 생각하는 눈치였어요. 그러더니……,

"음……, 좋아."

"나도, 나도."

눈송이 동생이 가만있지 않았어요. 우리 사이를 끼어들며 숨넘어갈 듯 외쳤어요.

"나도 오빠 신부 할 거야."

난 점잖게 타일렀어요.

"신부는 하나야."

"둘 해도 돼."

"넌 내 딸이야."

"싫어. 나 소꿉장난 안 해."

삐친 딸내미를 달래야 했어요.

"알았어. 너도 내 신부해."

눈송이 동생은 기뻐했지만, 눈송이는 기분이 별로인가 봐요. 토라져서 도드라진 눈송이의 입술이 어찌나 예뻐 보였는지……. 난 눈송이에 우리 가게 깐도리를 다 주고 싶었어요. 아마 내 인생 통틀어 그때가 가장 행복했던 것 같아요.

"뭐지?"

행복은 얼마 가지 않았어요. 잔디정원이 없어지고, 그곳엔 공장이 지어졌어요. 졸지에 눈송이와 나는 노래하는 공간을 잃었답니다. 더군다나 눈송이가 동생과 함께 유치원에 들어갔어요. 근방에는 유치원이 없었기 때문에 아주 멀리 떨어진 곳이었어요.

'안에 있을까나?'

행여나 눈송이를 볼 수 있을까 싶어 그 먼 곳으로 출석도장을 찍었어요. 유치원 앞에서 서성이는데 유치원 원장선생님이 말 시켰어요.

"유치원 다니고 싶니?"

"네."

"몇 살인데?"

"일곱 살."

손가락을 내 나이에 맞게 펴 보이는 유치한 행동은 하지 않아요.

"내년에는 학교 가야 하는구나?"

원장선생님이 나이가 많다는 이유로 유치원 입학이 안 된다고 할까 싶어 조마조마했어요.

"한 번 엄마 모시고 와 봐."

그 길로 집으로 달렸어요. 이럴 때 자전거가 있다면 얼마나 좋을까요? 집으로 돌아오는 길이 왜 그렇게 멀던지……, 가게에선 엄마가 동네아줌마와 옥신각신하고 있었어요.

"글쎄, 이웃사촌 좋다는 게 뭐야, 좀 깎아 줘."

"이걸 깎아 주면 뭐가 남아."

엄마는 평소 깍쟁이로 유명한 동네아줌마와 물건 값 흥정으로 얼굴이 벌게져 있었어요. 깍쟁이 아줌마는 열다섯 집 건너 저 멀리 동떨어져 있는데도, 좋다는 이웃사촌 들먹이며 자기 뜻을 꺾지 않았어요.

"정말 이럴 거야?"

"안 돼. 몇십 원가지고 왜 그래?"

"흥, 그럼 됐어. 살 만한 것도 없는 구멍가게 주제에……."

깍쟁이 아줌마는 자기가 고른 물건을 그대로 두고 가게 문을 나갔어요. 난 그 아줌마 뒤로 쫓아가서 똥침을 꽂아 주고 싶었어요.

"우리 막내 왔어?"

엄마는 그제야 나를 보고는 힘없이 물건들을 정리했어요. 나도 엄마를 도와 선반 위에 물건을 차곡차곡 넣었어요. 엄마가 풀죽은 목소리로 말했어요.

"엄마한테 할 말 있어?"

"아니, 왜?"

"그냥 그래 보여서……."

한참을 뜸들이다 어렵게 말했어요.

"내가 가게 볼까?"

"괜찮아."

엄마는 내 말에 조금이라도 기운을 차린 듯이 보여요. 풀죽은 엄마의 얼굴을 보며 유치원의 '유' 자도 감히 입 밖으로 낼 수 없었죠. 다만 속으로 생각했어요.

'깐도리를 절대로 꺼내 먹지 않을 거야.'

첫사랑이라는 이름의 몽유병

어디서 시작한 이야기인데 깐도리로 끝났죠? 아, 맞아요. 코주부 아저씨 진열장에 있던 의사놀이상자로 이야기가 시작되었죠. 그 얘기 꺼내기 전에 첫사랑 눈송이에 대한 이야기를 마무리할 필요가 있을 것 같아요.

유치원에 간 눈송이, 그 덕에 요 며칠 눈송이 얼굴은 구경도 못했어요. 그러던 어느 날 엄마가 말했어요.

"눈송이 네가 이사 갔단다."

난 억장이 무너졌어요. 꽃다운 신부 둘을 코앞에서 빼앗긴 느낌?

"어디로?"

"글쎄, 모르겠네."

그것으로 끝. 눈송이는 내 마음에 행복과 아픔을 동시에 남기고 사라졌어요. 눈송이를 잊는 것은 소꿉장난처럼 쉽지 않았어요. 몽유병이 걸려 버렸죠. 벽장시계의 열두 시 종이 땡땡땡- 하고 열두 번 울리면 코주부 아저씨의 진열장을 어슬렁거렸다니…….

'눈송이의 의사상자.'

호랑이처럼 어슬렁거릴 때면 엄마가 잠옷 차림으로 나를 찾았어요. 엄마가 뺨을 두들기면 잠이 깨어 '어? 뭐여, 난?' 하고는 다시 잠이 들었죠.

엄마는 내 발목을 줄로 연결했어요. 자다가 귀신처럼 일어날 때면 엄마가 알아차리고는 다시 재웠어요. 그럼 난 꿈속에서라도 코주부 아저씨의 진열장을 어슬렁거려요. 나쁜 짓이라는 것을 알면서도 커다란 돌멩이 하나를 집어 들었어요. 그러고는 진열장에 냅다 던져요.

'와장창.'

유리폭탄 터지는 소리와 함께 잠에서 깼어요. 신기하게도 유리창 깨지는 꿈을 꾸고 나서부터 몽유병이 없어졌어요. 그렇지만 눈송이는 언제나 내 마음에 몽유병처럼 돌아다닐 거예요.

「첫사랑이라는 이름의 몽유병.」

벌써 3년 전의 일인가요? 그때 일을 떠올리며 코주부 아저씨에게 당당히 걸어갔어요. 그러고는 돈부터 내밀었어요.

"아저씨, 저거 주세요."

"뭐?"

정상적인 절차라면 물건값을 먼저 물어보고, 나름 셈을 해서 에누리가 가능한지 흥정을 하다 값을 치르는 게 맞아요. 그래야 덤으로 구슬 다섯 개, 쫀디기 두 판을 더 얻을 수 있는 것처럼……, 천 원 단위가 넘어가는 것을 사는 마당에 덤으로 얻을 수 있는 것이 얼마나 많을까요? 그렇지만 난 그런 절차를 깡그리 무시했어요.

"의사놀이상자."

"사천오백 원."

눈송이의 의사상자가 손에 들려 있어요. 추억을 되새김질하기에는 너무 큰 대가를 치렀네요. 어쩜, 코주부 아저씨는 '무슨 돈이냐?' 물어보지도 않을까요? 내심 생일이라 부모님께 용돈 받았다고 둘러대려 했는데…….

뭐 어찌 되었든 이제 내 손엔 삼백 원이 있네요. 돈만 보면 순간 거지가 된 같지만, 내 마음은 흥분과 설렘으로 찐빵처럼 부풀어 올랐어요.

찐빵 이야기가 나와서 말인데, 나머지 삼백 원으로 찐빵을 일곱 개 샀어요. 백 원에 찐빵 두 갠데, 하나 더 안 주면 사지 않는다고 떼를 썼죠. 찐빵 파는 아저씨는 허허 웃으며 물었어요.

"왜 꼭 일곱 개가 필요해?"

"식구가 딱 일곱 명이에요."

"알았다. 하나 더 주마."

다락방에 올라 혼자 그것을 다 먹었어요. 두 주먹 합쳐 놓은 것 같은 찐빵 일곱 개가 그 조그만 배 속에 어떻게 다 들어갔을꼬?

'이것을 어째?'

그나저나 어쩐다죠? 내 몸집만큼 커다란 의사놀이상자를 어떻게 가족들 눈에 띄지 않게 감출 수 있을까요? 궁리 끝에 포장지는 뜯어서 버렸어요. 설레는 손길로 하나하나 정성스레 뜯고 싶은데 어쩔 수 없죠. 그리고 길거리에 굴러다니는 깡통을 찾아 그곳에 담았어요. 담는 용기가 뭐가 중요하겠어요. 담은 내용이 중요한 거지.

'들키면 안 돼.'

깡통을 들고 집 안으로 들어갔어요. 조심조심 투명인간처럼 굴었는데도 엄마 눈에 띄고 말았네.

"그런 쓰레기를 왜 가지고 들어와?"

"땅강아지 잡았어."

대충 얼버무리고는 다락방으로 올라갔어요. 깡통 안에는

청진기며, 이름도 알 수 없는 진찰 도구와 수술 도구가 가득했어요.

'쩝.'

사실, 뭐 별거 없었어요. 사천오백 원짜리라고는 생각되지 않을 만큼 허접했어요.

'이게 뭐야?'

거의 유일하게 청진기만이 괜찮았어요. 청진기를 양 귀에 꽂고 가슴에 대니 심장 뛰는 소리가 들려요. 잠깐이지만 간호사가 된 눈송이가 말을 하는 거예요.

"의사 선생님! 이 아이의 병은 무엇이에요?"

수술대에는 눈송이의 여동생이 누워 있어요. 난 그 아이의 두려움에 떠는 눈을 똑바로 바라보며 말했죠.

"암입니다."

눈송이 동생은 진짜 그 병에 걸린 것처럼 그 맑은 눈망울에 눈물을 글썽였어요.

"어머, 어쩜 좋아요."

"고칠 수 있나요, 의사 선생님?"

눈송이와 그 동생은 애원하며 매달렸어요. 난 의기양양 말했어요.

"고칠 수 있습니다. 둘 다 내 빰에 뽀뽀하세요."

"왜요?"

"진찰비입니다."

두 자매가 내게 뽀뽀했어요. 나는 눈송이의 뺨이 아닌 입에다 뽀뽀했죠.

"이건 치료비입니다."

"그거라면 제가 내야 하는 거 아닌가요?"

"그럼, 오빠라고 부르세요."

청진기 덕에 잠시지만 눈송이와 만날 수 있었어요. 혹시라도 엄마가 다락방에 올라올까 싶어, 무언가로 덮어 두어야 했죠.

'뭐가 좋을까나?'

마침, 얼마 전 엄마가 집어 던진 주전자가 눈에 들어오네요. 구수한 보리차를 끓여 주던 고마운 주전자였는데, 센베이 과자 때문에 그만 잔뜩 찌그러져서 병동도 아닌 이곳에 누워 있네요. 찌그러진 주전자를 깡통 위에 잘 덮어 두었어요.

"따르릉~, 학교 가야지."

잠 깨우는 소리에 꿈나라와 작별했어요. 아침잠을 깨는 것은 까무러치기보다 싫은 일이에요.

'삶의 무게는…….'

어른들은 우리를 왜 꼭두새벽부터 깨운대요? 어린이는 수면 주기를 조절하는 멜라토닌이 어른보다 훨씬 늦게 만들어진대요. 어린이에게 아침은 한밤중이죠. 꿈은 잠을 자야 꿀 수 있어요. 어린이들이 꿈꾸길 바란다면 잠을 자게 해 줘요. 아침잠과 생이별하며 속말을 떠올렸어요.

「삶의 무게는 아침잠보다 가볍다.」

나는 이제 초등학교 2학년생, 얼마나 많은 아침잠을 학교 출석을 위해 희생해야 할까나?

'맛없다.'

하품이 연신 나오며, 밥을 먹는 둥 마는 둥 정성껏 아침밥을 차려 주는 엄마에게는 미안한 말이지만, 아침밥은 왜 그렇게 맛이 없었는지…….

'재미없다.'

나는 학교가 참 재미없었어요. 무서운 선생님도 많았고, 짝꿍도 별로 마음에 들지 않았어요. 호기심을 자극할 만한 흥미로운 것을 많이 배운 것 같지도 않아요. 탐구보다는 암기를 강요하는 것이 많았어요. 학교고 뭐고 다 필요 없고, 그냥 다락방에 혼자 있고 싶어요.

"엉엉엉."

학우 한 명이 울음을 터트리네요. 언뜻 문제아처럼 보이지만 딱히 문제는 일으키지 않았던 변두리에 사는 아이였어요.

"선생님, 제발! 조용히 할게요."

변두리 아이는 손을 싹싹 비비며, 빌고 또 울었어요. 주임

선생님은 변두리 아이의 옷을 벗겼어요.

"니놈 버르장머리를 고쳐 놓겠다."

선생님은 변두리 아이의 옷을 찢어발기듯 벗겼어요. 매 같은 선생님의 손에 변두리 아이의 옷이 하나둘 벗겨졌죠. 마침내, 팬티만 달랑 하나 남은 변두리 아이가 숨넘어갈 듯 울음을 터트렸어요.

"선생님, 제발! 잘못했어요."

난 변두리 아이가 무엇을 잘못했는지 모르겠어요. 울부짖으며 말은 그렇게 했지만 그 아이도 자신이 무엇을 잘못했는지 몰랐을 거예요. 아마도 무언가 잘못됐겠죠.

"어머!"

지켜보던 여학생들은 비명을 지르며 눈을 돌렸어요. 난 주임 선생님이 변두리 아이의 마지막 남은 속옷마저 벗겨 낼까 아닐까 두 눈 동그랗게 뜨고 쳐다보았죠. 저렇게 기상천외한 체벌이 또 어디 있을까나?

"땡땡땡!"

종이 살렸네요. 수업 시작을 알리는 종이 울렸어요. 이제 곧 담임선생님이 들어오실 거예요. 아무쪼록 담임선생님이 어미 새처럼 이 아이를 품에 안아 주길…….

"선생님, 괜찮으세요?"

담임선생님이 물었어요. 아이한테 물어볼 질문을 왜 주임

선생님께 할꼬?

"이놈이 말썽이라 혼 좀 냈습니다."

글쎄요. 말썽은 그 아이가 부린 것 같지 않은데……, 변두리 아이는 얼른 옷을 걸쳐 입었어요. 얼마나 울었던지 두 눈이 퉁퉁 부어 있었죠. 담임선생님이 말했어요.

"씻고 와."

그것으로 끝. 수업 중에 돌아와 자리에 앉는 변두리 아이의 얼굴이 아직도 눈앞에 생생하네요. 그 아인 얼굴을 하나도 씻지 않았어요. 검댕이 눈물 자국이 눈 밑으로 선명했거든요. 꼭 나의 버짐 하얀 때처럼 보였어요.

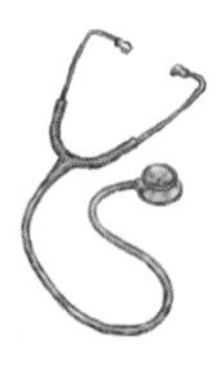

기적적으로 되찾은 의사 도구 상자

학교에서 돌아와 가방은 내팽개친 채 다락방으로 허겁지겁 뛰어 올라갔어요.

"밖에서 돌아오면 손부터 씻어야지."

엄마 말은 한 귀로 흘려 버렸어요. 학교에 있는 내내 다락방이 얼마나 그리웠던가요. 그런데 다락방이 좀 달라져 있었어요.

'어, 어디 있지?'

깡통이 눈에 보이지 않았어요. 당연히 그 안의 의사 도구도 보이지 않았죠.

"엄마, 깡통 어디 갔어?"

"무슨 깡통?"

"어제 내가 들고 온 깡통."

"땅강아지 죽어 있던 거?"

잡지도 않은 땅강아지가 왜 거기 있을까나? 아, 참! 둘러대길 땅강아지 잡아넣은 깡통이라고 했었지.

"응, 어디 있어?"

"리어카에 실려 아빠 가게에 갔을 거야."

'오호라, 통재로다.'

이제야 밝히지만, 우리 아빤 고물상을 해요. 아빠가 고물상 하는 것은 비밀에 가까운 거예요. 작년에 학교에 입학하고 선생님과 면담이라는 것을 처음 했어요. 또랑또랑한 내 눈동자를 들여다보며 선생님이 말씀하셨죠.

"어머, 넌 참 공부 잘하게 생겼구나?"

아마도 선생님은 총명해 보이는 눈동자보다 내 커다란 머리통을 보며 그 말을 했을 거예요.

"아버지는 뭐 하셔?"

"일하시는데요."

"호호, 재미있는 학생이네, 그래 무슨 일을 하시는데?"

"고물상요."

"아, 그래."

아직도 선생님의 그 눈빛을 잊을 수 없어요. 난 짧은 말에도 갖가지 많은 의미를 담을 수 있다는 사실을 그때 처음 깨달았어요. '아, 그래' 할 때의 싸늘했던 선생님 눈동자. 마치, '너한테는 아무것도 기대할 것이 없구나' 하는 그 서리 서린 눈빛에 내 마음도 얼어붙는 것 같아요.

"아버지는 건축사업 하세요."

"구체적으로 어떤?"

"웬만한 대규모 사업의 건축자재를 운반하고 관리하시죠."

중학생이 되어 아빠의 직업에 대해 에둘러 생각해 낸 말이에요. 아버지가 사업한다는 말에(그것도 크게) 선생님 눈이 선망의 것으로 바뀌어요. 아빠의 직업은 말하자면 학교생활의 첫 단추를 끼우는 것과 같아요. 단추가 크면 클수록 좋아요. 커다란 첫 단추는 여러분의 학교생활을 든든히 받쳐 줄 거예요.

'뭐지?'

얘기하다가 딴 길로 샜네요. 어찌 되었든 아빠 직업은 내게 콤플렉스와 같은 거였어요. 무시하고 싶어도 계속 따라붙어 신경 쓰게 만드는……, 그런 콤플렉스에 눈송이와의 추억이 리어카에 실려 갔대요.

'이것을 어째?'

난 곧장 아빠의 고물상으로 뛰어갔어요. 아빠의 고물상은 합정동에 있었어요. 집은 용강동 중앙 일대, 버스 정거장 세

번 거치면 나올 거리를 입에 거품 물고 한달음에 뛰었죠.

"없는데?"

일하는 아저씨가 말했어요. 고물 더미에서는 비릿한 고철 냄새만 진동했어요. 눈송이의 의사상자는 대부분 플라스틱으로 만들어진 거예요. 전문용어로 '물랭이'라고 하죠. 낮에 다녀간 물랭이 장사치한테 실려 갔을 거래요.

'자그마치 사천오백 원짜리인데…….'

퀭한 눈에 비철을 모아 둔 것이 들어와요. 보리차 끓여주던 찌그러진 주전자가 바람 빠진 축구공처럼 널브러져 있네요. 주전자를 들춰냈어요. 그 밑에 청진기가 Y자 모양으로 누워 있었어요. 한쪽 귀가 깨진 채, 그새 시커먼 기름때가 점점이 묻어 있었지만 나름 알루미늄 은빛 몸체를 반짝이고 있었어요.

"찾았다, 청진기!"

하루아침 새에 추억은 고물이 되어 버렸지만, 그건 내 두근거리는 심장 소리를 다시금 느끼게 해 줬어요.

무슨 일을 꾸민 거냐, 홍탁

"어쩜 그렇게 못생겼니?"

겨울방학을 했어요. 누나와 형에 한참 뒤처지는 내 외모에 대해 친척들이 이러쿵저러쿵 입방아를 찧었죠.

"셋째는 딸이고 아들이고 얼굴도 안 보고 시집장가 보낸다더니……."

"어머머, 쟤 입 찢어진 거 봐."

째려보는 내 눈을 탓해야지, 왜 가만있는 입을 탓할까요?

'그럼 입이 찢어졌지 붙어 있을까?'

어떤 말을 해도 구차한 변명이 되어 버리는 빼도 박도 못하는 상황. 그냥 까무룩!

"쟤 얼굴은 왜 저래?"

"어머, 넙데데한 얼굴에 하얗게 눈이 내렸네."

분명히 참새같이 쫑알거리길 좋아하는 친척 아줌마들은 그런 시적인 표현을 생각해 내지 못했을 거예요. 그저 예쁜 누나와 잘생긴 형을 비교 대상으로 삼으며 내 외모에 대해 씹고 또 씹어 댔을 뿐이죠.

"넙죽이, 합죽이."

"합쳐서 못난이."

"그러지 마. 자세히 보면 귀여운 구석이 많아."

엄마가 두둔해 주는 소리도 마뜩잖았어요. 뭐, 문맥상 째려보기도 하고 마뜩잖다고는 표현하긴 했지만, 그때의 나는 정말이지 아무 생각 없었어요. 웬만한 일이 아니라면 이래도 흥, 저래도 흥.

'그냥 그런가 보다' 하고 지나갔죠.

그리고 웬만한 일이라도 이래저래 흥흥, 혹은 요래조래 흥흥거렸어요. 지금 생각해 보면 정서 장애가 아닐까 싶어요. 그때 정신상담 의사 선생님을 만났다면 틀림없이 이런 진단을 받았을 거예요.

"어린이 자폐증입니다."

그냥 혼자만 있고 싶어요. 남들과 말이라도 해야 할 경우에는 그게 친한 친구라도 싫었어요. 따져 보니 친구도 없던 것 같아요. 가족과는 오히려 낯선 사람과 말을 하는 것보다 더 싫었어요.

"어……, 나…… 나는……."

그리고 점차 말을 더듬기 시작했어요. 특히 '나'라는 그 간단한 말이 왜 그렇게 어려웠던지……. 말을 더듬으면 바보로 보일까 싶어 아예 입도 뺑긋하기 싫었어요. 그나저나 합쳐서 못난이를 향한 입방아는 끝나지 않네요.

"버짐이라도 치료해 줘 봐."

"그러게, 못생긴 얼굴에 허옇게 때가 일어나니 더 못 봐주겠어."

"그게……, 잘 안 나아."

엄마의 궁색한 대답을 뒤로 하고 집을 나섰어요. 태권도 도장에 가야 하거든요. 학교도 방학하는데 학원은 왜 방학을 안 한데요?

'정말 싫다.'

태권도 도장에 발을 들여놓은 순간, 난 그것이 끔찍하게도 싫은 일이란 걸 새삼 느꼈어요. 맨발로 전해 오는 도장의 차가운 바닥에 온몸이 얼어붙는 것 같다니…….

"사범님, 야…… 양말 신게 해 주세요."

말하는 걸 싫어하지만 무릅쓸 정도는 아니에요.

"그래."

새로 온 상냥한 태권도 사범님은 허락해 주었어요. 내 허리 띠는 어느덧 빨간 띠. 이제 조금 더 있으면 검은 띠를 매고 국기원 가서 승단 시험을 치를 수 있을 거예요. 빨간 띠를 달기까지 그 얼마나 가시밭길을 거쳐 왔을까나!

"기합소리 크게 지른다."

그 싫어하는 태권도지만 내게는 몇 가지 동기부여가 생겼어요. 일단은 1단을 따는 거예요. 단증을 보여 주면 아빠가 잘했다고 칭찬해 주겠죠? 꼭 단증을 따서 아빠한테 칭찬받고 말 거예요. 태권도 도장에 새로 온 사범님은 칭찬을 많이 해 주었어요.

"넌 돌려차기를 참 잘하는구나."

사범님의 칭찬에 으쓱했어요. 사범님의 칭찬에 돌려차기를 연습하고 또 연습했답니다. 정말이지 내 돌려차기는 완벽하죠. 마치 학이 기다란 다리를 접고 우아하게 땅에 내려앉는 자세라고나 할까나.

"어머, 참 잘한다."

돌려차기 솜씨에 반했는지 노란 띠 중학생 누나가 나를 참 좋게 보는 것 같아요. 얼굴이 예쁜 그 누난 언뜻 눈송이를 닮은 것도 같아요.

'꼭 따야 해.'

누가 그러는데 태권도 단증이 있으면 군대 가서도 편하데요. 군대 가서 편하기 위해서라도 무조건 1단을 따야 해요.

"새로 온 친구다. 인사."

누군가 우리 태권도 도장에 들어왔어요. 그런데 그 아인 마땅히 초보자가 매야 할 하얀 띠가 아니었어요. 나와 같은 빨간 띠…….

"홍탁입니다."

아뿔싸, 홍탁이네요. 대략 두 달 전에 손목이 부러졌었죠. 아마도 깡패 같은 이 애새끼는 선량한 양민을 태권도 겨루기 상대로 생각하고 무차별 공격을 퍼부었을 거예요. 전봇대 공격도 모자라 주먹을 썼을 거고요. 그 덕에 손목뼈가 나간 걸 테지…….

'홍탁아! 나 단증 딸 때까지 손목 낫지 마라.'

하늘도 무심하지, 빌고 또 그렇게 소원했는데, 이 무슨 맑은 날에 번개 치는 일인가요? 나의 감정은 심하게 요동쳤답니다. 바로 두려움과 공포가 범벅되어서 말이죠.

"호…… 홍탁아, 다 나았어?"

"응."

놈은 먹잇감을 눈앞에 둔 악어처럼 나를 보며 웃었어요. 그 눈빛은 이렇게 말하는 것 같았죠.

'나 없는 동안 좀 살 만했냐?'

악어 같은 놈의 눈빛을 외면하며 말했어요.

"다 나아서 다…… 다행이야."

"그래? 정말이지?"

순간이지만 놈의 한쪽 눈동자가 파충류의 그것처럼 옆으로 움직이는 것을 보았어요.

"그럼. 우리 친…… 친하게 지내자."

비굴한 것 같지만, 이것이 살아남는 방법이에요. 막내만이 가진 처세술이라고나 할까요? 강한 적은 상대하지 않고 내 편으로 만드는 거예요. 필요하다면 갖은 애교를 떨고 온갖 알랑방귀를 뀌어서라도 말이죠. 그것이 몸도 작고 힘도 약한 막내가 이 험한 세상에서 살아남을 수 있는 생존전략이랍니다.

"사범님, 화…… 화장실 좀 다녀올게요."

"그러렴."

홍탁이를 보아서 그런지 오줌보가 쪼그라든 것 같아요.

'찔끔찔끔.'

오줌발이 찔끔거리며 아주 작은 양이 나왔어요. 이 정도면 가히 마렵지 않은 정도라고 할 수 있는데, 좀 전엔 왜 그렇게 참기 힘들었을까나? 손을 씻으려 거울을 봤는데…….

'참, 못생겼다.'

못생기다 못해 구질구질하다고 생각될 정도의 얼굴이 코앞에 있었어요. 눈동자는 겁에 질려 초점 잃은 동태 눈을 하고 있었고, 입은 쭉 찢어져 합죽이, 코는 납작이, 얼굴은 그야

말로 넙데데했어요. 친척 아줌마들의 말이 하나도 틀린 게 없어요. 허옇게 일어난 버짐은 마치 무수한 구더기 떼처럼 보인다니…….

'웬 개떡 같은 얼굴.'

정말이지 이렇게 못생긴 얼굴은 생전 처음.

'추한 겁쟁이.'

원해서 한 것은 아니지만, 강해지려고 태권도 도장을 찾았는데 나약하고 추한 나 자신만 발견하네요. 내 얼굴이 너무 싫어요.

"얍, 얍!"

화장실에서 돌아와 보니, 겨루기 시합이 벌어지고 있었어요.

"그쳐. 다음."

설마, 사범님은 나를 홍탁이 겨루기 상대로 점찍은 건 아니겠죠? 홍탁이와 같은 빨간 띠라는 게 마음에 걸려요.

"경례."

역시, 상냥한 사범님은 체급별 상대를 고를 줄 아는 상식이 있었어요. 그때,

"관장님께 인사."

헉, 관장님이 도장 안으로 들어왔어요. 관장님이 들어오면

우리는 무엇을 하건 무조건 멈춰서 인사를 해야 했죠.

"너."

관장님은 나를 불렀어요. 설마……,

"양말 벗어."

뭐, 그 정도는 이해할 수 있어요. 발차기하다 미끄러질 수도 있으니까……. 관장님은 오래간만에 온 홍탁이를 반겼어요.

"홍탁이 왔어?"

"네."

그 짧은 말에 여러 의미가 담겨 있는 것이 내 귓가엔 들리네요. 홍탁이네는 제법 잘 살아요. 엄마가 진주아파트 부녀회장이라나 뭐라나, 홍탁이네 엄마가 아파트 부녀회장이라 그런지 몰라도 관장님은 홍탁이를 참 예뻐했어요.

"홍탁아, 다시는 다치지 마."

"네."

관장님은 흐뭇한 미소를 한 번 짓더니 사무실로 사라졌어요.

"차렷!"

아슬아슬했던 태권도 수업이 끝났어요. 일렬로 정렬해서 사범님께 인사하면 다 끝나요.

"경례!"

내일부터는 또 얼마나 살얼음판 같은 태권도 도장을 밟아야 할까요? 그런데 이상해요. 웬일인지 허전한 거예요. 상냥한 사범님의 표정도 이상해요.

'흐흐흐…….'

뒤를 보니 홍탁이가 싱글벙글 웃는 거예요. 분명 저쪽 끝 열 맨 뒤에 있었는데……?

'흐흐흐…….'

근데 놈의 웃음소리가 낮고, 좀 음탕했어요.

'무슨 짓을 한 거냐, 홍탁.'

태권도 도장은 직사각형의 작은 운동장 같아요. 사면 중에 삼면의 벽 전체가 거울로 되어 있어요. 홍탁인 언제 내 뒤로 왔을까요? 거울을 보니 왼쪽에 있던 눈송이 닮은 예쁜 누나가 눈을 가렸어요.

'당최, 뭐여?'

정면 거울을 보자 그 이유를 금세 알 수 있었어요. 내 도복 바지가 속옷과 함께 홀딱 까발려져 있는 거예요. 관장님 지시대로 양말을 벗었더니 차가운 바닥에 신경이 곤두서서 아랫도리가 허한 것도 몰랐어요. 그나저나 참 이상하게 생겼네요. 거울 속에 비친 나의 고추는…….

집에 와 펑펑 울었어요. 그때 나 우는 것을 방해했다면 그게 누구라도 돌려차기 먹였을 거예요. 그 누가 홍탁이라면 음, 좀…….

"호호호, 깔깔깔."

나보고 못생겼다 빈정거리던 친척 아줌마들 사라진 게 다행이에요. 안 그랬다면, 내일신문에 "친척 아줌마를 발길질한 (돌려차기 먹인) 천둥벌거숭이"라는 기사가 대문짝만큼 났을 거예요.

"엉엉엉."

내 우는 것을 들키고 싶지 않아요. 우는 모습을 누군가에게 들킨다면 더 수치스러울 것 같아요.

'(소리 죽여) 꺼억 꺼억.'

다락방은 여름이나 겨울엔 올라갈 곳이 못 돼요. 여름엔 지붕 열이 내려와 찜통이고, 겨울엔 얼음판을 깔아 놓은 것 같았죠. 나는 가벼운 담요를 하나 들고 다락방에 올라 그것을 깨물며 울었어요. 마치 납치범에 의해 자갈을 입에 물려 놓은 것 같은 꼴로 한참을 울었어요.

'엉엉, 훌쩍.'

얼마를 울었을까? 무르팍이 시렸어요.

'이럴 줄 알았으면, 두…… 두꺼운 이불을 가지고 오는 건데……, 훌쩍.'

만져 보니 무르팍이 얼음보다 더 차가웠어요. 힘이 빠져 더 울 힘도 없더라고요.

'내려가자. 훌쩍.'

식구들이 모여 저녁 식사를 했어요. 티 안 나게 울었다 생각했는데 식구들은 다 알았나 봐요. 코로 먹었다 생각되는 저녁식사를 끝내고 아빠가 조용히 불렀어요.

"무슨 일이냐?"

"홍…… 홍탁이가 괴롭혀요."

"그딴 자식 물리치라고 태권도 가르치는 거 아니냐?"

한 번이라도 내 마음을 알아주면 좋겠는데, 아빠는 어찌 그리도 막둥이의 바람을 하나부터 열까지 무시할까요?

"아빠, 나…… 난 태권도가 싫어요."

아빠는 아무 말씀 안 했어요. 이번에는 통했나 봐요. 다음 날, 아빠는 관장님한테 전화했어요.

"우리 막내아들이 태권도 그만두겠답니다."

아빠의 그 말이 후련하기도 하고 아쉽기도 했어요. 단증을 따서 꼭 아빠에게 보여 주고 싶었는데…….

고아가 되는 것이 내 꿈

'이 좋은 것을……!'

학원도 안 가고 방학이 방학다워 좋았어요. 다락방은 참 좋아요. 거울도 없으니 흉한 내 얼굴과 마주할 필요가 없어요. 두꺼운 이불을 똘똘 말고 다락방에 누에고치처럼 누워 있을 때면 누구한테도 방해받지 않고 좋아요.

추운 다락방에서 할 수 있는 건 별로 없어요. 꼼지락거릴수록 더 추워질 뿐이죠. 그냥 이불 속에서 가만히 상상의 나래에 마음을 싣고 날아가면 돼요.

'난 고아야.'

상상 속에서 나는 틀림없이 고아가 되어 있어요. 고아가 되어 자유롭게 쏘다니는 거죠. 가끔은 솜사탕 장사를 할 거예요. 나 같은 아이들에게 솜사탕을 아주 싸게 팔 거예요. 내 솜사탕을 먹은 아이들은 두둥실 하늘 위로 떠오르죠.

그러다 길을 가던 아가씨에게 반하는 거예요. 그 아가씬 당연히 눈송이죠. 난 그녀에게 솜사탕을 정성껏 말아들고 청혼합니다.

“버러지 같은 고아 놈이…….”

그런데 그녀의 친척들이 우리 결혼을 반대하는 거예요. 우리는 궁지에 몰려 피의 맹세를 하고는 이 세상과 장렬히 이별하는 쪽을 택해요. 그녀의 영혼과 내 영혼은 바람 한 점 없는 천국의 꽃밭에서 손을 잡으며 뛰어가요.

‘우힛, 짠하다.’

고아가 되는 상상은 나의 커다란 즐거움이었어요. 자꾸만 상상하다 보니, 어느새 고아가 되는 것이 내 꿈이 되어 버렸어요. 정말이지 내 마음속 바람은 고아가 되고 싶다고 목청껏 소리 높였어요.

‘죽어 버리는 거야.’

고아가 아니면 죽어서 무덤에 묻혀 있는 상상에 빠졌어요. 그럼 내 무덤 앞에 나를 홀대하고 괴롭히던 이들이 엎드려 절을 하며 용서를 빌겠죠. 홍탁인 아무리 빌고 또 빌어도 절대로 용서하지 않을 거예요. 할머니는 여태껏 한입도 주지 않고

당신 혼자만 드셨던 숯불통닭, 센베이과자, 군밤이며 각종 부럼, 그리고 아빠의 사랑. 이것 전부를 토해 내지 않는 이상 용서치 않을 거예요.

엄마는……, 글쎄요. 엄마 생각하니 눈물이 앞을 가리네요. 엄마는 몹시도 슬퍼할 것 같아요. 그런 엄마를 생각하면 이제 무덤에서 일어나야 할 때인 것 같아요.

'내려가자. 비정한 세계로…….'

다락방에서 내려올 때면 체념 비슷하게 그 말이 생각나요. 그 말을 하는 나는 꼭 천사 같기도 하고 달관한 도사 같기도 해요. 다락방에서 내려오면 할머니부터 눈에 들어와요. 아랫목 옆으로 바로 다락방 문이에요. 따뜻한 아랫목은 늘 할머니 차지였기 때문에 다락방 문을 열자마자 할머니와 눈이 마주치는 것은 당연한 거였죠.

'뭐여?'

할머닌 눈빛으로 물었어요. 그분의 눈을 보며 생각했죠.

'보릿고개 때 얼마나 주리셨으면…….'

아빠 말로는 할머니는 보릿고개를 수도 없이 겪었대요. 아빠도 몇 차례 보릿고개를 겪을 때 흙 파먹던 얘기를 가끔 하셨어요. 수도 없이 보릿고개에 시달린 할머니에게 걸신이 붙어도 이상할 게 없을 거예요.

'얼마나 시달리셨으면…….'

아빠 말로는 할머니는 작은 마누라로 들어왔대요. 지금은 그런 일이 있으면 큰일 나겠지만, 옛날 시골에서는 그게 당연시되었대요. 아기 생산이 어려운 큰할머니를 대신해 작은할머니들이 시집오고 그런다죠.

할머니는 무려 열네 살 때 시집왔대요. 첫째 할머니가 낳은 아들이 우리 할머니보다 나이가 많았대요. 그리고 그 나이 때부터 팔 남매를 생산했고요. 마흔이 가까운 할아버지와 신혼방을 차리는 게 얼마나 힘들었을까요? 의료 혜택을 제대로 받지 못해, 어린 나이에 돌아가신 분이 많았대요. 시골에 병원이 잘 들어서 있었다면 할머니는 두 자릿수 자녀를 훌쩍 넘겼을 거예요.

'이름도 없이…….'

할머니는 이름도 없어요. 언젠가 아빠한테 이에 관해 물었다가 깜짝 놀란 적이 있어요.

"아빠, 할머니 이름은 뭐야?"

"없어."

"어떻게 사람이 이름이 없어?"

"이름은 없고, 그냥 김 씨야."

"김 씨? 어떻게 성만 있어?"

"그 시절엔 그랬어. 집안 성만 따르는 할머니들 많았어."

이름 없이 한평생을 산다는 것은 어떤 의미일까요? 검버섯

이 내려앉은 할머니의 뺨이 애처로워요. 이런 달관한 생각을 해도 할머니를 완전히 이해할 수 있는 건 아니에요.

"어디 있었어?"

형이 무심한 얼굴로 스치며 물었어요. 형을 생각할 때면 마음이 아파! 슬픈 피에로를 닮은 형이거든!

백일 축하빵

형은 꼴찌예요. 학업 성적이 꼴찌가 아니면 안 된다는 듯이 성적 등수가 교실 인원수와 똑같이 꽉 차 있어요.

"헤헤."

형은 말끝마다 웃었어요. 딴청 피우기 일쑤였고, 전혀 맥락에 어울리지 않는 말을 불쑥 꺼내거나 이상한 행동을 늘어놨어요. 언젠가는 다 먹은 우유 팩에 오줌을 싸 놔서 아무것도 모른 내가 그것을 들이킨 적도 있어요. 축농증이 심했던 형은 입을 벌리며……,

'멍-.'

그러면 나도…….

'멍-.'

형제가 쌍으로 멍 때리기와 딴청 피우기를 장기처럼 했어요. 그래서 선생님이 다음 날 준비물을 말해 줘도 아무것도 모른 채 등교하는 때가 많았어요. 그런데 그 정도가 형은 심했어요.

"그려."

형은 심지어 먹을 게 생겨도 할머니부터 챙겼어요. 감추기도 급급한데 형은 할머니한테 간식거리를 내밀며……,

"이거 드세요."

그럼 할머니는……,

"그려."

할머닌 형이 자진 상납한 공물을 맛나게 드셨어요. 할머니는 굳이 형한테 '뭐여?'라고 물어볼 필요도 없었어요. 엄마가 몰래 쥐여준 간식도 형은 할머니한테 가져다 바쳤어요. 그런 형을 보면 엄마는 복장이 터지는 것 같다고 했어요.

'뒤통수 괜찮나?'

미소 짓는 형의 얼굴을 보면, 그 옛날 아버지가 득템, 아니 득남했다는 소식을 듣고 뛰어오던 때의 일이 떠올라요. 첫딸을 낳고 약간 실망하셨을 아빠는 삼 년 만에 얻은 맏아들을 참 대견해 하셨을 거예요. 장남 탄생 백 일째 되는 날, 아빠는 축하주를 잔뜩 얻어먹고 술이 많이 취했대요.

"고놈 참! 고추 잘생겼네."

대대손손 우리 집안을 이을 귀한 옥동자 고추가 얼마나 예뻤을까요? 아빠는 보는 것에 만족하지 않았어요.

"우리 아들 잘생겼다."

그 말을 연발하며 만류하는 엄마의 손길을 뿌리친 채 형을 목말 태웠어요. 그런데 술에 취한 아빠의 발은 바나나 껍질을 밟은 발보다 더 미끄덩거렸을 거예요.

"아이코."

아빠는 형을 목말 태운 채 그대로 뒤로 넘어졌어요. 행여나 나자빠졌다고 표현하면 그건 좀 심한 표현이겠죠?

'쾅.' 형 머리가 어떻게 되었을까요? 아, 상상하기도 싫음. 굳이 말해야 한다면 백일 된 아이의 머리통은 어른 키 높이에서 떨어지는 충격을 너끈히 받아들일 정도는 아닐 거예요. 그건 어느 머리통이라도 마찬가지겠죠. 듣기로는 병원에도 가지 않았대요. 당시에는 마땅한 병원도 없었다니…….

"된장 발라."

아이 뒤통수에 된장 정도 발랐다나 뭐라나, 그런데 옥황상제 하느님이 치료하셨는지, 형은 말짱해요. 굳이 이런 말할 필요가 있을까 싶을 정도로 정상인 것 같고 무엇보다 잘생겼어요. 단지 높이나사가 고장 나 안장을 조절할 수 없던 아빠의 투명 자전거처럼 언제나 피에로예요. '싫다', '나쁘다'라는

의미를 알지 못하는 것처럼 당최 웃기만 해요.

"형."

그런 일을 굳이 떠올리지 않아도 형을 부를 때면 가슴이 아려요. 왜 그런지는 모르겠어요.

"응, 좋아."

꼴찌 반장에 행동은 바보 같아도 형 마음은 바다보다 넓고 비단결보다 고와요.

"좋아."

할 수 있는 거의 유일한 말인 것처럼 형은 버릇처럼 '좋아'라는 말을 되풀이했어요. 뭘 해도 좋아, 무슨 말을 들어도 좋아, 라고 했죠. 도무지 '안 돼', '그건 아냐'라는 말을 할 줄 모르는 것 같아요. 그 좋은 형을 틈틈이 누군가 놀렸어요. 나는 형을 위해 그들에게 맞서지 않았어요. 모른 척 지나치기 일쑤였죠.

"나…… 나도 좋아."

소리 내어 말하니 말을 더듬네요. 맘속으로 말해야겠어요.

'나도 좋아. 형이…….'

형이라는 이름은 상처 난 마음에 부는 시큼한 바람 같아요. 형이 지나가면 그런 바람이 영락없이 마음을 스쳐요.

'그런데 말이야…….'

이 말을 덧붙여도 될지 모르겠어요.

'형 때문에 좀 불편하긴 해.'

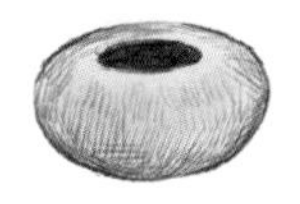

엄마 마음에 박힌 얼음똥

"망할 놈의 집구석. 쓰글 연놈들의 배창새기, 가증스러운 손목쟁이들."

방언 터지듯 엄마의 악다구니가 터졌어요. 배창새기라는 말은 '배 속의 창자'를 뜻하고, 손목쟁이는 손과 손목을 아우르는 의미 정도 되겠죠?

"어디서 망할 똥 덩어리를 쏟아 붓고 지랄이야, 썩을 것들."

엄마의 악다구니를 터트린 사람은 다름 아닌 나예요. 나는 시한폭탄 같던 엄마의 뇌관에 불을 붙였어요.

"썩을 놈의 배창새기, 망할 놈의 손목쟁이."

무슨 짓을 저질렀기에 엄마가 저렇게 폭발했느냐고요? 아,

이런 이야기를 내 입으로 한다는 게 부끄러워요. 그냥 총체적인 거예요. 집안에서 벌어지는 각종 해괴한 일과 부조리, 그리고 하루에도 홍수처럼 쏟아지는 스트레스가 쌓이고 쌓여 천사 같던 엄마를 돌게 만들었어요. 가여운 엄마는 그만 종잇장만큼이나 얇아진 마음에 이제 더 이상 무언가를 담아 내기 어려운 지경이 된 거죠.

"썩을 놈의 배창새기들, 망할 놈의 손목쟁이들……."

저주 서린 엄마 목소리가 아직도 귓가를 왕왕 때리네요. 일단 발단은 요강 때문이에요. 그렇지만 문제는 요강 때문이 아니에요.

'땡그랑!'

엄마가 문제의 요강 단지를 바닥에 내동댕이치네요. 나뒹구는 요강 단지를 보니 굵직한 이야기가 보따리를 풀고 나오네요. 아, 이 이야기를 꺼내려면 길고도 먼 이야기를 해야 하는데 어쩐다죠? 집중해서 들어주면 이야기 보따리를 거나하게 풀어 볼게요. 잠시 엄마의 악다구니 방언을 다시 한 번 감상해 보시죠.

"인간 이 두 글자. 아주 질려 버렸어. 썩을 놈의 배창새기, 망할 놈의 손목쟁이."

요강 사건이 터지던 그날 밤, 으레 그렇듯 잠을 잤어요. 올빼미가 아닌 이상, 밤엔 잠을 자야겠죠. 얼마를 잤을까, 아랫배가 거북했어요.

'참아야지.'

새벽 화장실 가는 게 무서웠어요. 우리 집은 마당 가로질러 화장실이 있어요. 더군다나 화장실은 푸세식이에요. 밑을 내려다보면 똥 덩어리들이 바글거리죠.

'아, 못 참겠다.'

새벽에 똥 마렵기는 난생처음.

'뭔가 잘못 먹었나.'

아마도 저녁 반찬으로 먹은 갈치가 속에서 말썽을 부리나 봐요. 뼈와 지느러미를 발라먹기 좋게 만들면 할머니가 빼앗아 가요. 어제오늘의 일도 아니고, 평소에는 그런가 보다 하며 이래저래 흥흥 하고 넘겼는데, 그날 저녁엔 왜 왕소금 같은 짜증이 올라왔을까나!

'당최, 뭐여?'

내 갈치 빼앗아간 할머니를 째려보자 아빠가 야단쳤어요.

"먼저 할머니한테 양보해야지, 뭔 짜증을 부려?"

아빠한테 대들고 싶은 걸 꾹 참았어요.

'그럼 난 뭘 먹으라고?'

차라리 할머니가 이렇게 말했다면 괜찮았을 거예요.

"할머닌 눈이 어두워 생선 가시를 못 발라내니, 네가 다듬은 갈치 먹어도 괜찮겠니?”

그러면 기꺼이 내 갈치를 할머니께 드렸을 거예요.

“네, 제가 미처 생각을 못 했네요.”

그런데 할머니는 아무 말도 없이 내 갈치를 집어 갔어요. 정말이지 눈 깜짝할 사이에 갈치가 사라졌어요. 할머니의 젓가락질이 왜 그렇게 표독스러워 보였는지…….

‘손자 간식이고 반찬이고 몽땅 빼먹는 할머닌, 당최 뭐여?’

프라이팬에는 살점 있는 갈치가 없어요. 식구 머릿수대로 먹으면 꼬리와 갈치 대가리만 남죠. 할머니는 내 몫까지 두툼한 갈치 세 조각을 이미 다 드셨다니…….

“대가리라도 발라먹어.”

아빠의 말에 독이 올라서 갈치 대가리는 물론이고, 식구들이 한쪽에 발라 놓아 버린 갈치 뼈며 지느러미, 껍데기를 씹어 먹었어요.

‘오독오독.’

아주 그냥 이를 갈며 씹었어요.

“목구멍에 걸릴라.”

엄마가 염려스러운 표정으로 말했어요.

“꼭꼭 씹으면 괜찮아.”

아빠는 대량으로 칼슘 섭취하는 막내아들이 대견한지 빙그레 웃었어요. 아빠의 웃는 얼굴을 보며 더 오독오독 씹었어요. 나도 내 목구멍이 염려스럽지 않은 건 아니에요. 그래서 더욱 이빨이 닳아 버릴 정도로 아득바득 씹었어요.

'아이고 배야!'

곱게 갈린 갈치 뼈는 목구멍이 아니라 배를 아프게 하네요. 이 어두컴컴한 새벽에 화장실에 갈 수는 없어요. 무섭다기보다는 잘못 발을 헛디뎌 똥통에 빠질 수 있으니까…….

'아야.'

아랫배에서부터 윗배까지 요동치듯 아파요. 마치 장폭풍이 배 속에서 사정없이 몰아치는 것 같다니…….

'응급상황이다.'

급한 대로 요강을 부여잡았어요. 요강에 똥 덩어리를 투하하는 것은 금기인데……, 참으로 어처구니없고 경우 없는 짓이죠. 그렇지만 응급 상황에 빠진 나로서는 다른 생각을 할 수 없었어요. 그나마 마당에 화장실이 있는 덕에 요강을 쓰는 게 다행이라 여길 정도죠. 하긴, 옛날 삶의 방식에 익숙한 할머니는 집 구조가 어떻게 되었어도 요강을 고집할 거예요.

'아, 속 시원하다.'

무사히 위기를 넘겼어요. 후련할 정도로 똥을 싸면, 잠깐이지만 시원한 해방감이 느껴져요. 좋은 느낌이 사라지기 전에 얼른 잠을 청해야겠어요.

"썩을 놈의 배창새기, 망할 놈의 손목쟁이들……."

이른 아침부터 터진 엄마의 악다구니 방언에 잠을 깼어요. 엄마는 마당 배수구에 널브러져 있는 똥을 치우며 고래고래 소리 질렀어요. 미처 내가 손쓸 새도 없이 할머니가 요강을 마당에 비운 거예요.

"뭐라 뭐라……, 씨붕씨붕."

엄마는 멀뚱멀뚱 서 있는 할머니에게도 욕을 퍼부었어요. 고인에 대한 명예훼손이라 그 말은 생략할게요. 아빠가 불같이 화를 내며 엄마에게 달려들었어요.

"이 여편네가 미쳤나?"

손바닥을 하늘 높이 치켜든 아빠를 엄마가 되레 꾸짖었어요.

"가만있어. 다 죽는 꼴 보기 싫으면."

공교롭게도 엄마의 손엔 칼이 들려 있네요.

'휘잉~.'

찬바람이 불었어요. 엄마와 아빠를 지켜보는 우리 가족 모두 얼어붙었어요. 이것이 얼음 땡 놀이하는 것이라면 좋을 텐데…….

"가만히 있으라고."

아빠가 잠깐 몸을 꿈틀거리자 엄마가 칼을 내뻗으며 소리쳤어요. 이것이 무궁화 꽃이 피었습니다, 놀이하는 것이라면 좋을 텐데…….

"다 죽는 꼴 보기 싫으면 가만있어!"

엄마는 칼로 허공을 그었어요. 왜 그것이 엄마 손에 들려 있었을까요? 엄마는 무언가를 미리 계획하고 있었던 걸까요? 혹시 가족 모두와 함께 비루한 현실의 때를 모두 벗겨 내며 장렬히 전사하려는 걸까요?

'휘잉~.'

또다시 찬바람이 불었어요. 때는 추운 겨울, 할머니가 무신경하게 비운 요강 안의 똥물은 마당에 흩뿌려져 얼어 버렸어요. 배수구 구멍 사이로 속속들이 스며든 그것을 떼어 내려면 날카로운 무언가가 필요했죠. 엄마는 부엌칼을 도구 삼아 그것을 떼어 내고 있던 거였어요. 그나저나 어쩐다죠? 그때는 경황이 없어 미처 생각하지 못했는데, 그 부엌칼은 얼음 똥물을 떼어 내는 임무를 마치면 음식 요리를 위한 본연의 임무로 되돌아가겠죠? 오, 이런.

'퍽퍽.'

엄마는 얼음 똥물을 칼로 내리찍었어요. 할머니가 내게 다가와 원망스러운 목소리로 물었어요.

"니 새끼는 무슨 똥을 그렇게 오지게 싸 놨냐?"

확성기에 대고 말한 것처럼 할머니 목소리가 왕왕 울렸어요. 잠시 식구들의 시선이 내게로 향했고, 아빠가 나만큼 말을 더듬던 게 생각나요.

“당신, 괘⋯⋯ 괜찮아?”

아빠는 엄마의 이글이글 불타는 눈빛 앞에 꼼짝 못 했어요. 행여나 엄마의 칼 앞에 꼼짝 못 했다고 하면 심한 표현이겠죠. 어찌 되었든 엄마를 더 자극하다간 사달이 날 것 같아요.

“인간, 두 글자에 질려 버렸어.”

엄마가 가래 끓는 목소리로 외쳤어요.

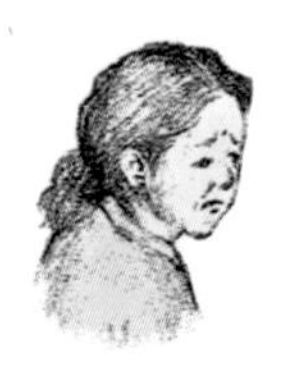

파란만장한 엄마의 인생

자, 이제 엄마에 대한 이야기 보따리를 풀어 볼까요? 엄마를 떠올릴 때면, 형의 백일축하 '뒤통수 쾅' 사건만큼이나 기막힌 최초의 사건을 말하지 않을 수 없어요.

「첫 아이를 가졌어요.」

엄마는 지금의 첫째 딸인 누나를 임신했어요. 아빠는 시골에서 사는 것은 미래가 불투명하다며 만삭인 엄마를 두고 서울로 올라가 지내고 있었죠. 그 바람에 출산일을 코앞에 둔 엄마는 작은 골방에 홀로 있어야 했죠. 결국, 양수가 터지고 아이가 나오려 해요. 첫아이 출산이라 엄마의 산고는 더욱 깊었죠.

"아악!"

집에는 큰아버지, 큰어머니, 그리고 할머니가 있었고, 근방에는 많은 친척이 있었는데, 이분들은 웬일인지 엄마의 출산에 관심을 두지 않았어요. 산고로 내지른 산모의 비명에도 반응하지 않으셨죠.

"아이고, 엄니."

엄마는 혼자 아이를 낳아야 했어요. 엄마는 가끔 그때의 일을 회상할 때면 기절할 것 같았지만, 기절할 정도의 정신도 없었다고 해요.

"앙앙."

누나가 태어났어요. 엄마는 기력이 다해 기절할 정신도 없는 풀 한 포기 같은 의지를 부여잡고 아기의 탯줄을 손수 잘랐어요. 소독 안 한 가위를 쓸 수는 없었어요. 산독이라도 오르면 아기와 엄마 둘 다 위태로울 수 있거든요.

'인간의 인.'

엄마는 비정한 인간 세상의 첫 글자를 그때 완성했을 거예요. 딸아이의 탯줄을 입으로 끊으며…….

"앙앙."

누나의 첫 울음소리는 세상에 태어나는 것은 별로 좋은 일이 아니라고 말하는 것 같아요. 그러고 보니 누나의 운명도 참 기구하네요. 출생부터 비운에 가득 차 있어요.

"앙앙."(비운의 누나 울음소리)

미역국이라도 먹었을까요? 엄마는 산후조리를 제대로 못 해서 많이 고생했대요. 꼬박 다섯 달 동안이나 몸이 퉁퉁 부어 있었다고 해요.

몸에 부기가 빠지고 딸아이도 그럭저럭 백 일을 넘겼을 때 엄마는 아빠가 했던 것처럼 무작정 서울로 상경했대요. 괴나리봇짐은 뭘 그리 많이 챙겼는지, 상봉 시외버스 터미널에서부터 아빠가 있는 홍제동까지 물어물어 가는 길이 그렇게 멀었대요. 아이를 업은 채로 열 걸음 걸어 봇짐 내려놓고, 다시 열 걸음 되돌아가서 나머지 봇짐 챙겨 열 걸음 걷고……. 그런 식으로 길을 걸었대요. 느림보 달팽이가 웃을 일이죠?

"택시라도 타지."

내가 그렇게 말하면 엄마는 싱겁게 웃었어요.

"그러게나 말이다."

살림 밑천 오백 원이 안 주머니에 있었는데, 도저히 쓸 수가 없었대요. 밤이 어스름해서 드디어 아빠를 만났는데, 아빠는 그야말로 거지 꼬락서니를 하고 있었대요. 엄마는 온종일 아무것도 먹지 않아서 배가 무척이나 고팠대요. 아빠의 모습을 보니 배고프다고 말할 수도 없었다나 봐요.

"그때 생각하면 아직도 속이 쓰려."

여러 차례 굶주린 적이 있었지만, 엄마는 서울에서의 첫날,

그 쓰린 배고픔을 잊을 수가 없대요.

"속이 쓰려, 그때……."

그때부터 귀를 바짝 기울여도 알아들을 수 없는 엄마 아빠의 서울 생존기가 시작돼요. 두 분 말씀으로는 안 해 본 일이 없다고 해요.

"죽어도 여러 번 죽었지."

일하던 라디오공장에 불이 나 죽을 뻔한 일, 산동네로 연탄 배달하다가 오르막길에서 미끄러지는 바람에 연탄 실은 리어카가 굴러서 여러 사람 죽일 뻔한 일, 고생스러운 일보다 죽을 뻔하고, 그리고 죽일 뻔한 일들이 더 많은 것 같아요.

"엄니?"

그런데 손님이 찾아왔어요. 엄마가 어찌어찌 망원동에 단칸방을 차리자마자 할머니가 들어오신 거예요. 시골에 그 큰 집을 두고 왜 비좁은 단칸방으로 오셨을까요?

큰아버지 큰어머니에 대해 잠깐이라도 아니 말할 수 없네요. 큰아버진 팔 남매 중 장남이에요. 막내 격인 아빠와는 띠동갑의 나이 차가 났어요. 큰아버진 베트남에 참전하셨다가 다리 한쪽을 잃으셨어요. 시골에선 농사일보다 바쁜 게 많아요. 나무도 해야 하고, 두엄도 펴야 하고, 그 많은 식구 밥해 먹이는 일도 여간한 게 아니죠.

서른에 늦장가 간 아빠가 두견새처럼 서울로 훌쩍 날아가 버렸으니 큰어머니 입장에서는 엄마가 참 미웠겠죠. 만석꾼 일을 하는 아빠를 꼬드겨 서울로 내빼게 했다고 생각하면 새색시라도 얼마나 밉겠어요.

"줄줄이 팔 남매야."

큰어머닌 할머니와 똑같이 팔 남매를 두었어요. 하고 해도 끝이 없는 가사노동인데, 이제는 큰어머니가 직접 나서 나무까지 해야 할 판이에요. 당시엔 청양군 인근의 나무가 씨가 말랐대요. 그래서 나무를 하려면 칠갑산까지 사십 리 길을 가야 했대요.

언젠가 방학 때 시골 내려가서 빈 지게를 진 적이 있어요. 빈 지게라고 생각되지 않을 만큼 엄청나게 무거웠어요. 어깨를 짓누르는 동아줄은 왜 그렇게 거친지……, 지게 지고 마당 한 바퀴 도는데 어깨가 빠질 것 같더라고요.

"♪콩밭 매는 아낙네야, 베적삼이 흠뻑 젖는다."

아빠의 애창곡은 '칠갑산'이에요. 약주 한 모금 하시면 빠트리지 않고 부르시는 노래죠. 칠갑산에서 나무하고 돌아오는 길에는 터주 마당이라는 아빠만의 공간이 있었대요.

"지게를 내리면 참 배가 고팠어."

터주 마당에 지게를 내리고 그루터기에 웅크리고 앉아 갓난아기 손바닥만 한 주먹밥을 먹으면 그렇게 눈물이 났대요. 아빠가 터주 마당에서 쏟았던 눈물을 모으면 논밭 물을 다 채울 수 있을 거라나 뭐라나. 아빠가 엄한 데에 물을 쏟아서 그런지, 그해에 심한 보릿고개가 들었대요. 사나흘씩 굶는 건 예사였고, 술 찌개미라도 얻어먹으려 동네를 몇 바퀴씩 돌았대요.

"뭐 그런 일이 있어?"

그 시절의 엄마아빠 이야기를 듣다 보면 의심스러운 게 한두 가지가 아니에요. 그럼 엄마가 되물어요.

"참, 거짓말 같은 인생이지?"

불과 사오십 년 전, 우리의 엄마아빠, 혹은 할아버지 할머니들은 거짓말 같은 인생을 살았어요. 잠시 멀고도 가까운 옛날이야기를 했네요. 그나저나 엄마의 악다구니가 새로운 국면으로 접어들었어요.

"너희 연놈들이 나를 만신창이로 만들었어."

엄마의 악다구니는 점점 절규로 변해 가요. 〈절규〉라는 그림을 그린 화가 뭉크가 감탄하다 못해 울고 갈 일이죠.

"내 가슴은 만신창이가 되었어."

엄마는 얼음 똥물을 칼로 내리쳤어요. 그러고는 좀 더 많이 망가진 만신창이에 대해 말했죠.

"내 마음이, 내 가슴이, 내 인생이 만신창이가 되어 버렸다고."

엄마는 성대를 울려서 말하는 것 같지 않아요. 칼이 울리는 소리처럼 말끝이 서슬 퍼렇게 공중으로 갈라져요.

'퍽퍽.'

그나저나 내가 싼 얼음 똥물은 왜 저렇게 안 깨질까요?

"난 만신창이야. 가슴에 대못이 박힌 만신창이."

엄마가 계속 저렇게 소리 지르다간 큰일 날 것 같다는 생각이 들어요. 아니나 다를까. 엄마가 내리치던 부엌칼의 칼날이 부러졌어요.

'쨍그랑'

칼날 부러지는 소리가 꼭 유리 깨지는 소리처럼 들렸어요. 그것이 신호였던 것처럼 엄마는 그만…….

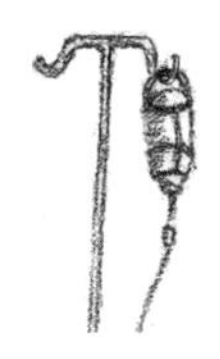

엄마 배 속에 돌멩이가?

정신이 돌아온 엄마는 속이 아프다고 말했어요. 가끔 형을 보면 복장 터질 것 같다고 했는데, 그 말 그대로 복장이 터졌나 봐요.

"만성입니다."

의사 선생님이 말했어요. 엄마의 상태가 심상찮다는 것을 느낀 아빠는 순례하듯 이 병원 저 병원을 돌았어요. 그래도 병명을 알 수 없었대요. 결국, 당시 서울에서 가장 큰 병원이었던 세브란스병원까지 갔어요. 그리고 아빠는 의사 선생님의 입에서 전해 오는 소식에 다리를 후들후들 떠셨죠.

"운명하실 수도 있습니다."

운명? 베토벤의 운명 교향곡 말인가요, 의사 선생님?

"수술하면 살 수 있어유?"

꽁꽁 숨겨 두었던 아빠의 사투리가 튀어나오네요. 아빠의 떨리는 목소리에 의사 선생님이 단조로운 목소리 톤으로 답했어요.

"어렵습니다. 사망 동의서에 서명하시면 고려해 보겠습니다."

아빠는 의사 선생님의 옷소매를 잡으며 매달렸어요.

"어떻게든 사람은 살리고 봐야 하지 않겄슈?"

"대수술이 불가피합니다. 보험은 드셨나요?"

보험? 그런 건 우리 집에 키우는 강아지 이름 같은 건가요? 병원 나들이에 신나서 철없이 웃는 내 얼굴을 보며 아빠가 말했어요.

"좋으냐? 고아가 될 수도 있는데……."

에헤라디야! 이래서 Dream come true! 그렇지만 아빠의 얼굴을 보며 내색할 수 없었어요. 아빠는 된서리라도 맞은 표정으로 병원 의자에 쪼그려 앉았어요. 로댕은 혹시 울 아빠 모습을 보며 조각상 〈생각하는 사람〉을 만들어 낸 것이 아닐까요? 그런 아빠를 보며 드는 생각이 있었어요.

'흥! 엄마를 홀대하더니…….'

'여편네'라며 엄마에게 호통치기 일쑤였던 아빠를 떠올리면 이 상황이 그리 잘못된 것도 아니라는 생각이 들어요. 철없는 마음에 한편으로는 꼬습기도 했어요. 지금 와 생각하면 아빠한테 참 미안해요. 그때 아빠의 고뇌는 감히 말로 설명할 수 없는 것일 거예요. 고뇌에 무게가 있다면 아빠의 것은 천근만근?

어쩜 이 세상에는 아빠 고뇌의 무게를 잴 수 있는 저울은 없는 것 같아요. 그때 아빠는 무슨 생각을 했을까요? 새장가? 고아원? 수술비? 그 무엇이든 천길만길 낭떠러지로 떨어지는 아빠 마음을 진정시키지는 못했을 거예요. 고아가 될 수 있다는 희망을 품은 나도 그 길로 떨어졌으니까…….

"집을 팔아야 할지도 몰라."

"왜?"

할머니는 큰집으로 가셔서 없어요. 아빠는 보름째 얼굴도 마주치지 못했어요. 아마도 집이 있다는 사실을 잊으신 것 같아요. 누나와 형은 꿀 먹은 벙어리가 된 듯 말이 없고, 그리고 나는…… 좋아요.

누구에게도 방해받지 않고 호젓하게 혼자 있을 수 있다는 게 좋았어요. 추운 다락방에 숨어 있을 필요도 없어요. 할머니의 따뜻한 아랫목은 내 차지예요. '우히히!' 아주 살판이 났죠. 웃고 장난치는 내 얼굴을 보며 누나가 찬물 끼얹는 말을 계속하네요.

"엄마가 죽을 수도 있대."

되묻지 않을 수 없었죠.

"왜?"

"엄마 배 속에 돌멩이들이 가득하대."

난 아무렇지도 않게 대꾸했어요.

"빼면 되지."

"그거 빼다 잘못하면 죽는대."

"왜?"

지금은 레이저 시술도 있고, 치료하기 어렵다고 말할 수 있는 병은 아니지만, 당시의 병원 기술로는 엄마의 병은 불치병에 가까운 것이었대요. 더군다나 돌멩이가 장기 곳곳에 퍼져 있어 의사 선생님들은 하나같이 난감해 했죠.

"이런 것을 참고 견뎠다니 놀라울 따름입니다."

돌멩이는 엄마의 주요 장기들을 곪게 했어요. 어느 장기는 썩어서 절개할 수밖에 없다네요. 뾰족뾰족한 놈들이 만성이 될 때까지 그렇게 찔러 댔는데 엄마는 어떻게 참았을까나! 아직도 엄마가 죽는다는 게 실감이 안 나요. 그런 일은 상상도 해 본 적이 없는데…….

'왜 돌멩이를 삼켰을까나!'

얼음 똥물을 칼로 내리치던 엄마의 모습이 잠시 눈앞을 지나가요. 두 동강난 칼날처럼…….

'엄마!'

엄마 없는 세상은 상상할 수 없어요. 하늘이 두 쪽 난 것 같고, 사람들은 모두 유령으로 보였어요. 언제든 죽는다는 말에 사라질 수 있는 인간 유령…….

'엉엉, 엄마!'

그날 밤, 누나가 차려 주는 시원찮은 저녁을 물린 후 잠자리에 누웠어요. 나 죽는 것은 괜찮은데, 울 엄마를 왜?

"안 돼, 엄마!"

울음이 터졌어요. 그날 저녁, 끝도 없이 울었어요. 천 번 만 번도 넘게 엄마를 불렀어요. 울다가 지쳐 잠이 들었어요. 잠이 들어도 울음이 멈추지 않아요. 꿈속에서 엄마는 초라한 무덤에 누워 있었어요. 난 무덤 앞에 엎드려 사과했어요.

"엄마, 미안해. 내가 잘못했어."

무엇을 잘못했는지는 모르겠어요. 그냥……, 내가 잘못 태어난 것 같아요. 나 잘못 태어나서 엄마가 몹쓸 병에 걸린 거예요.

'돌아와, 엄마.'

내 눈물이 홍수가 되어 담을 허물고 벽을 내리쳤어요. 두 쪽으로 갈라진 하늘이 서서히 하나가 되는 거예요. 난 꿈에 힘이 있다고 느껴요. 희미한 불투명 인간 유령들이 점점 또렷

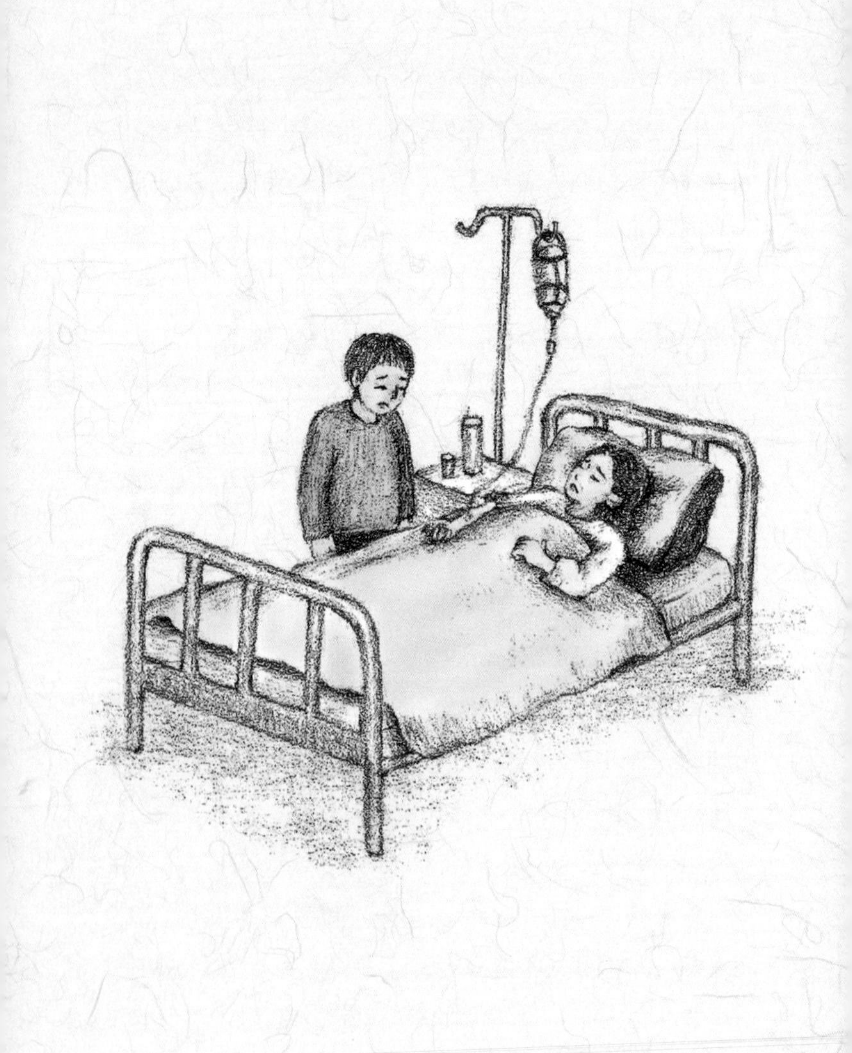

한 자기 몸을 찾게 되었어요.

"기적적으로 살아나셨습니다."

수술이 성공적으로 끝났대요. 병원에선 전례 없이 성공적인 대수술이라 학회에 보고해야 한다며 들떠 있었죠. 엄마는 중환자 회복실에서 각종 복잡한 연결선을 팔에 꽂고 누워 있어요. 잠깐만 된다는 간호사 누나의 말을 듣고 나서야 엄마를 볼 수 있었어요.

'엄만데……, 이상하다.'

엄마가 누워 있는 침대까지 걸어가는 그 짧은 길이 왜 그리도 길고 낯설게 느껴질까요? 서먹하고 부끄럽고 뭔가 껄끄럽고 데면데면했어요.

"엄마, 괜찮아?"

그런 말을 할 법도 한데 얼굴이 화끈거려 아무 말도 할 수 없었어요.

"우리 막내아들 왔어?"

대답도 없이 고개만 끄덕였어요. 엄마 손이라도 잡아주며 따뜻한 말 한마디 건넬 수 있지 않았을까! 나는 그저 오뉴월 햇볕에 꾸벅꾸벅 조는 서리병아리처럼 행동했어요. 무언가 애달픈 감정이 느껴졌는데, 그게 영 불편하고 싫었어요.

"이거 먹어."

엄마가 주는 '오렌지 쌕쌕'이라는 음료수를 하나 들고 병실을 나왔어요. 음료수 깡통을 따서 먹는데 오렌지 과립이 입 안에서 터졌어요. 왜 내 마음은 감각에는 민감한데, 감성에는 반응하지 않는 거죠?

'낯선 엄마.'

엄마를 만나는 건 반가웠지만, 엄마를 만나는 자리는 피하고 싶었어요.

《선데이서울》과 《선데이천국》

언제나 집이 텅 비었어요. 집이 텅 비면 내 마음은 꽉 차요.

'히- 좋다!'

그런데 평소 내가 예뻐하던 화초가 눈에 안 보이네요. 엄마는 가사 일에 그렇게 허덕이면서도 취미생활이 많았어요. 화초 가꾸기, 금붕어 기르기, 옷 만들기, 액세서리 꾸미기, 동네 아줌마들과 수다 떨기 등등. 아마 그런 취미생활마저 없었으면 엄마 배 속엔 더 큰 돌멩이가 들어찼을 거예요.

"이 화초 가져간다."

나보고 못생겼다 타박을 했던 친척 아줌마들은 엄마가 애지중지했던 화초를 냅다 가져갔어요. 좀 애석한 일이에요. 다른 화분의 화초는 몰라도 나도 그 화초는 꽤 예뻐했거든요. 가끔 예쁜 꽃망울도 터트렸는데…….

'좋다.'

안방이 드넓은 운동장 같아요. 이불장의 이불을 죄다 펴 놓고 텀블링을 하고 도루하는 야구선수처럼 슬라이딩했어요. 물구나무를 서다 목이 꺾여 아팠어요. 눈물이 찔끔 났죠. 장롱문에 걸린 거울을 통해 내 얼굴이 보여요. 처량했어요. 내 모습이……. 엄마의 빈자리가 크게 느껴졌어요. 엄마를 떠올리며 처음으로 기도 같은 걸 했어요.

"하느님, 울 엄마가 무사히 집에 돌아올 수 있도록 해 주세요. 안 그럼, 나 화낼 거예요."

나름 아름다운 기도를 했다고 생각하는데 내 얼굴은 여전하네요.

'왜 저리 추하게 생겼을까?'

버짐이 없어져도 바닥에 떨어진 외모 수준을 끌어 올릴 수 있을 것 같진 않아요.

"이놈 시키. 못 생겨가지고……."

집안에 일이 생기면 친척들은 우리 집으로 우르르 몰려 왔어요. 다락방과 마당이 있는 지금의 집으로 이사 온 후부터는 더 자주 왔어요. 하다못해 친척 중에 누구 생일이라도 우리 집으로 몰려 왔어요. 집안에 제일 큰 어른인 할머니를 보기 위한다면서요. 친척 어른 중에 어느 분은 대뜸 나를 보자마자 욕부터 했어요.

"이놈 시키."

곰곰이 생각해 보면 그분들의 말 속엔 애정이 담겨 있었던 것도 같아요. 궁디를 토닥인다는 것이 무척이나 아프게 느껴졌지만 말이에요.

"못생긴 놈의 시키."

곰곰이 곱씹어 보면 그분들의 말 속엔 반어적인 의미가 있었던 것도 같아요. 그런데 제아무리 예쁘고 잘생긴 얼굴이라도 그런 말을 자주 듣다 보면 보기 밉게 변할 거예요.

"노세, 노세 젊어서 노세. 늙어지면 못 노나니.♪"

친척들이 오면 집은 북새통을 이루었어요. 약간은 불건전한 노랫말이 밥상머리 두들기는 젓가락 소리와 함께 흘러나왔죠. 주말이라도 되어 사촌 형 누나들, 오륙 촌 조카들이 가세하면 집이 미어터졌어요.

"왔어요?"

"응, 고생 많아."

엄마는 시시때때로 찾아오는 손님들한테 얼굴 하나 찡그리지 않았어요. 손님 음식을 혼자 다 준비했어요. 고생 많다고 위로하긴 했지만, 그분들은 손가락 하나 까딱하지 않고 즐겁게 놀다 각자의 집으로 돌아갔어요. 산더미처럼 쌓인 설거지를 오롯이 엄마 혼자서 해결해야 했어요.

"난 나의 일을 할 테니, 넌 너의 일을 하거라."

간간이 누나가 도와주려 했지만, 엄마는 한석봉 어머니가 남기실 만한 말을 하며 누나를 부엌에서 내보냈어요. 아마도 혼자 구시렁거리고 싶어서 그랬을 거예요.

"썩을 놈의 배창새기, 망할 놈의 손목쟁이."

엄마를 이해해야 해요. 누군가를 미워하고 저주할 만큼 엄마의 마음은 모나지 않아요. 다만 일에 치여 그랬던 거예요. 사람이 아니라 일이 미웠던 거예요. 졸지에 썩은 배창새기, 망할 손목쟁이가 되어 버린 분들께는 심심한 사과의 말씀을 전합니다. 엄마의 악다구니는 본래 의미의 다른 말로 대체하겠습니다.

"썩을 놈의 일, 망할 놈의 인생살이."

수정하고 나니 좀 아쉽긴 하네요. 뭔가 밋밋하다고나 할까요? 엄마의 오리지널 악다구니는 주옥같다는 느낌이 있는데…….

「인간의 간.」

대략 엄마의 인간, 두 번째 글자를 대충 완성한 것 같네요. 좀 쉬었다 했으면 좋겠어요. 지금은 할머니 눈치 안 보고 맘 놓고 먹을 수 있는 맛난 간식거리라도 찾아야겠어요.

'냠냠.'

그러고 보니 아빠의 고군분투기를 빠트렸네요. 집을 넘기지 않기 위해, 보험혜택을 누리지 못한 엄마의 막대한 수술비를 마련하기 위해 아빠는 불철주야 뛰어다녔어요. 아빠의 발엔 두꺼운 각질이 곰팡이처럼 피었어요. 그것을 삼 일에 한 번꼴로 칼로 밀어내는 아빠를 보며……

"아빠, 안 아파?"

그러면 아빠는……

"하나도 안 아파."

그러고는 내 머리며 뺨을 쓰다듬으셨어요. 그게 좋진 않았어요. 아빠 손의 거친 굳은살에 얼굴이 쓸려나가는 것 같았다니…….

"아빠, 가게를 봐야 해."

아빠의 일꾼 중에 한 명이 그만두었어요. 그 일꾼 아저씨는 가게에서 지내며 밤에는 가게를 지키는 일을 했어요. 일꾼아저씨가 일을 그만둔 이상 이제는 형과 내가 아빠 가게를 지켜야 해요. 가게 안의 두 평 남짓한 방에 들어가던 순간이 아직도 기억나요. 기름 쩌는 냄새가 지독했어요. 걸레질을 한 번도 안 한 것 같은 방바닥은 저벅저벅거렸고요. 방 웃풍도 심해서 몸이 오들오들 떨렸어요.

"여기서 어떻게 자나!"

남극에 홀로 버려진 집 같은, 냄새나는 방에서 형과 오도카

니 있는데……,

“이게 뭐지?”

책상 밑 구석진 곳에 은밀하게 누워 있는 상자를 형이 발견했어요. 상자를 열어 보니…….

‘개떡이로다!’

상자 안에는 성인잡지가 있었다네. 에헤라디야! 형과 나는 그것을 정신없이 탐독했어요. 잡지책을 넘길 때마다 나타나는 신세계에 그만 정신이 아득한 지경이 되어 버렸죠.

‘무릉도원이 따로 없도다!’

참 이상하지 않아요? 비키니 차림의 아가씨들을 보는 것뿐인데……, 왜 그렇게 가슴이 벌렁거리고 아랫배가 쫄릿쫄릿한 걸까요?

‘휘이잉~.’

사나운 폭풍처럼, 매서운 서릿발처럼 웃풍이 불었지만,《선데이서울》의 비키니 아가씨들 덕에 춥지 않았어요. 미지근한 전기장판이 펄펄 끓었다니…….

‘꿀꺽.’

주먹만 한 침이 절로 목구멍을 타고 넘어갔어요. 뜨끈뜨끈한 전기장판에 배 깔고 엎드려 책을 펼쳤어요. 책을 열면 미래가, 희망이, 어떤 이는 아파트가 보인다고 하지만 난 (잡지) 책을 열며 전혀 다른 경험을 했죠.

'천국에 왔노라!'

《선데이천국》 책표지를 볼 때마다…….

'탐스럽다.'

마치 복숭아 열매가 탱글탱글 열린 것처럼 탐스러웠어요. 보고 또 봐도 맛있고 달콤했죠. 사진만 보는 게 아쉬워서 글을 읽었어요. 초등 2학년생의 국어 실력이 어디 가겠어요? 동화책을 띄엄띄엄 읽어도 이해할 수 있을까 말까 한데……, 어른 잡지는 이해할 수 없는 문장과 단어가 너무 많았어요.

'삼각형도 아니고 삼각자도 아니고, 이건 당최……?'

눈알 튀어나오기 일보 직전인 형한테 물었어요.

"형! 관계가 뭐야?"

"음……, 서로 대하는 거야."

"뭘 대해?"

"그냥, 서로……. 음."

띄엄띄엄 대답이 와 닿지 않아요.

"뭐냐니?"

"우리 사이!"

의문이 남긴 했지만, 형한테 계속 물었어요.

"그럼, 삼각관계는 무슨 관계야?"

"세 명이서 좋아하는 거야."

"그럼, 왜 빠져?"

형은 한참 동안 답을 하지 않다가 무심한 듯 말했어요.

"그냥 사진만 봐."

구덩이에 빠지는 것처럼 삼각관계에 빠져 헤어나지 못하는 남녀들의 이야기가 이상하게도 구미를 당겼어요. 글을 읽으니 뭔가 비밀을 파헤치는 것 같았죠. 사진보다 글이 상상력을 더 많이 자극한다니……. 난 또 물었어요.

"그게 왜 나빠?"

"나쁘진 않아. 좀 골치일 뿐."

삼각관계라는 것이 미심쩍었어요. 그건 늘 '치정사건'이란 것과 짝을 이뤄 매번 안 좋은 파국을 맞이했죠. 형이 건성으로 말했어요.

"우리 반에도 많아. 그래서 다들 골치 아파해."

의문도 아닌 의심이 생겨났지만 형한테 또 물었어요.

"형, 죄가 뭐야?"

형은 이번에도 한참을 뜸 들이다 답했어요.

"잘못을 저질렀는데……, 좀 커."

"그럼, 간통죄는 뭐야?"

형은 내가 읽는 곳을 재빨리 훑어보았어요. 눈에 검은 줄이 그어진 어느 여인의 흑백사진이 형의 관심사는 아니었을 거예요.

"그냥 칼라만 봐!"

이번에는 물러설 수 없어요. 형이 어렴풋하게 설명하는 것도 용납할 수 없어요. 간통은 삼각에서 비롯된 것 같긴 한데, 많이 심각해 보였거든요.

"간통이 뭐냐니?"

"……."

"간통이 뭐냐고? 간통 간통 간간통."

그제야 형은

"적과 내통한 간신인 게야?"

"헐! 그래?"

비밀을 파헤쳐 보려고 계속 읽었지! 간통은 유부초밥의 표적이었어요. 유부녀를, 혹은 유부남을 사랑한 옆집 총각이나 처제가 꼭 말썽을 일으켰죠.

'유부남은 힘들겠다. 매일 재판에 서야 하고…….'

지금도 《선데이서울》의 어느 기사 문구가 생생하게 기억나요.

'간통죄가 성립하는가?'라는 기사 제목에, 내용은 이런 것이었어요.

「남녀 간의 사랑을 법적인 잣대로 재단하는 것이 어디 가능한 일인가?」

이해할 수 없는 그 말이 이상하게도 가슴에 남아요. 간통은 거짓말 같은 것일까요? 커다란 거짓말. 그때만큼 국어 독해

공부를 열심히 한 적도 없는 것 같아요.

어찌 되었든 일요일을 위한 서울의 잡지는 넘길 때마다……, 우와!

"형, 바람둥이는 뭐야?"

호기심 바다에 뛰어든 것처럼 궁금증이 파도처럼 끊임없이 일었어요.

"그냥 그림만 보라니까."

"글쎄 뭐냐니?"

"안 되겠다. 너 그만 봐."

"왜?"

"어른들만 보는 잡지니까."

"그럼 형은 왜 봐?"

"나야 너보다 어른이니까."

"말도 안 돼. 형도 보지 마."

형이 책을 덮고 천국상자를 발로 찼어요.

"알았어. 우리 그만 보자."

빠끔히 서로의 얼굴만 쳐다보았어요. 황금박쥐도 울고 갈 귀한 시간에 쓸데없는 신경전을 펼치는 게 아까웠어요. 알짬을 코앞에 두고 째마리만 건져 내는 격이죠. 빨리 형을 원래대로 돌려놔야겠어요.

"형, 좋지?"

"뭐가?"

"그냥, 이 모든 게."

눈을 한 바퀴 돌리더니 형이 하얀 치아를 드러냈어요.

"우리 볼까?"

형과 나는 날밤 새우는 것을 당연하다는 듯 여겼어요. 아빠 가게를 지키려면 두 눈 부릅뜨고 지켜 내야 하지 않겠어요?

'형, 우리는 아빠 가게를 지키는 파수꾼이야.'

나처럼 붉게 충혈된 형의 눈을 보며 처음으로 동지애를 느낀 것 같아요. 형이 벌건 눈빛으로 답했어요.

'도둑놈이 들어오면 너랑 나랑 힘을 합쳐 때려잡자.'

나는 형이 참 든든해요. 일당백을 한다는 무협지 주인공이 따로 없었죠. 그리고 스스로의 힘으로 바람둥이 의미를 깨우쳤답니다.

'꼭 되고 말거야, 바람둥이.'

바람둥이는 바람돌이와 같아요. 소원을 들어주는 바람돌이처럼, 바람둥이는 여자들의 소원을 들어주는 사람이죠. 그 꿈을 가슴속에 오롯이 새기기도 전, 형은 무협지 첩자처럼 배신을 저질렀어요.

"여자 혼자 있는 것은 위험해."

아빠는 집에 누나 혼자만 있는 것이 마음에 걸렸나 봐요. 나중에 알게 된 일이지만, 매일 밤 아빠는 병실 옆에서 새우잠을 자며 엄마 수발을 들었대요. 아마도 아빠는 진정한 바람둥이일 거예요. 그나저나 말을 더듬을 새가 없어요. 천국을 지켜 내려면 빠르게 말하는 수고는 아무것도 아니죠.

"누나는 형이나 나보다 힘이 더 세요."

아빠는 대꾸할 필요도 없다는 듯 고개를 가볍게 가로저었어요. 그때 형이 뒤통수치는 소릴 했어요.

"막내는 집에 있어도 돼요. 저 혼자 가게를 볼게요."

형이 참 얄미웠어요. 복숭아천국을 혼자만 경험하겠다고? 하지만 어쩔 수 없었죠. 설마 아빠가 그 큰 가게를 어린 나한테 맡기겠어요? 그건 누나 혼자 집에 있게 하는 것보다 더 위험해 보였어요.

"그래, 이제부터 장남이 가게를 맡아라."

에구에구. 간통이 꿈틀거렸던 복숭아천국이여, (당분간) 안녕…….

여전사 잔 다르크 누나

형은 잘 있을까나?

《선데이천국》을 혼자 독차지하고 있겠지?'

속이 쓰렸지만, 누나를 보며 생각을 달리했어요.

'뭐가 위험하다는 거야? 귀찮아하면서……!'

천국까지 포기하며 지상으로 내려온 흑기사를 대하는 누나의 낯빛에 마뜩잖음이 묻어 있네요. 금붕어처럼 부풀어 오른 입술로 누나가 말했어요.

"정혜 오기로 했어."

허걱! 정혜 누나라면 누나 친구 중 가장 예쁜 누나예요. 언젠가 우리 집에 자러 온 적이 있었는데, 그때 잠옷 차림의 정혜 누나를 보았어요. 그땐 몰랐는데, 《선데이천국》을 경험한 나로서는…….

'히, 꿀꺽!'

절로 침이 넘어갔어요. 이렇게 말하면 좀 그렇지만, 《선데이서울》 표지모델 백 명보다 정혜 누나 하나가 훨씬 더…….

"근데, 너 때문에 안 온대."

생각을 정리할 틈도 없이 누나가 사이다 김빠지는 소리를 하네요.

"왜?"

"왜겠니?"

몰라서 묻는 말에 모르쇠 답을 하는 누난 뭐래요?

'왜지?'

나한테서 버짐 옮을까 봐? 일전에 잠옷 차림을 들켜서?

"나는 없다고 생각해."

"됐어. 잠이나 자."

'쩝, 다시 한 번 정혜 누나의 품에 안기고 싶은데…….'

언젠가 처음 보았을 때 정혜 누나가 귀엽다고 안아 준 적이 있거든요. 그땐 몰랐는데, '선데이천국'을 경험한 나로서는…….

'히!'

그날의 광경을 떠올릴 때마다 흐뭇한 거예요.

'왜 이러지?'

정혜 누나를 누나로 보지 않는 나는 뭔가요? 갑자기 엄마와 누나를 빼고 세상 모든 여자들이 다르게 보이는 거예요. 그야말로 여자로…….

'간통스럽다.'

이런 생각은 이제 그만해야 할 것 같아요. 좋긴 하지만 뭔가 떳떳치 못해요. 좋은 구석도 담뻑 느껴워요. 신기하게도 의지를 세우니 생각도 정리되네요. 그나저나 방이 미지근해요. 아랫목도 소소리 바람이 덮쳐 온 듯 서늘했죠. 누나가 명령조로……

"이번엔 네가 연탄불 갈아."

투덜거리며 잠자리에서 일어났어요. 연탄불 가는 일은 참 성가셔요. 연탄가스가 코끝을 스치면 아주 기분이 나빠요. 태권도 검은 띠 상대에게 정수리에 발차기를 얻어맞은 것처럼 머리가 띵하죠.

'이런!'

뚜껑을 열어 보니 연탄불이 꺼져 가요. 이럴 땐 번개탄을 넣어 줘야 해요. 엄마가 있을 땐 이런 거 신경 쓰지 않아도 됐는데……. 아, 매워!

"콜록콜록."

번개탄을 넣어도 쉬이 불이 붙질 않네요. 열심히 부채를 부쳤어요. 매캐한 연기가 눈과 코를 괴롭혀요. 불현듯 보이지 않은 곳에서 많은 일을 했을 엄마가 그리워요.

"라면 먹자."

어찌어찌 연탄불을 갈고 들어왔더니 누나가 라면을 끓여 놨어요. 생전 처음 먹는 야식 같아요. 라면 맛이 꿀맛이에요. 누나와 함께하니 이런 깨소금 맛도 있네요. 그런데 머리가 띵해요. 연탄가스 기운이 가시지 않았나 봐요. 라면 먹는 누나의 모습이 눈에 들어오네요. 누나의 입으로 들어가는 라면 면발처럼 연탄가스도 저 입으로 참 많이도 들어갔죠.

"도화동 꼭대기에 살 때였어."

한 살배기 딸아이와 함께 엄마 아빠는 도화동 꼭대기 집으로 이사했대요. 다 쓰러지는 집이었지만, 서울에서 처음 얻은 단칸방 월세 집은 엄마와 아빠의 대궐 같은 보금자리였죠. 그런데 이사하고 맞은 그해 겨울, 우리 가족 모두가 사진첩에서 사라질 만한 일대 사건이 벌어졌어요.

'쉬익-.'

연탄가스가 샌 거죠. 아빠와 엄마는 아무것도 모르고 잠드셨대요.

"엉엉."

누나만 혼자 깨어 울었어요. 아무리 울어도 엄마 아빠는 깨어날 줄 몰랐어요. 본격적으로 서울살이를 시작하기도 전에

하늘나라로 가려고 준비하고 있었던 거죠. 누나는 목청이 터져라 울었어요.

"엉엉엉!"

누나가 어찌나 크게 울어 댔는지 옆집 아줌마가 이상하게 여겼대요.

"새로 이사 온 새댁 네 아녀?"

연탄가스가 엄마 아빠, 그리고 누나에게 막 하늘나라 가는 날개를 달아 주려는 순간, 옆집 아줌마가 문을 열었어요. 영웅은 영화 속 슈퍼맨 같은 이들이 아니에요. 이웃에 조금의 관심만 있으면 우리 모두 슈퍼 히어로가 될 수 있어요. 우리 가족 모두의 생명의 은인이자 슈퍼 히어로 옆집 아줌마는 말하길, 누나는 제비 새끼처럼 목을 까뒤집고 울고 있었대요.

"엉엉."

무관심 속에서 홀로 울음을 터트리며 세상에 나왔던 누나는 이번에는 그 울음으로 일가족을 구했어요. 누나가 아니면 이 책도 세상에 나오지 못했겠죠.

"엉엉엉."

소리 없는 암살자 연탄가스에 맞서 싸운 누나는 그때 득음을 한 것 같아요. 목소리가 굵고 확실했어요. 목소리 만큼이나 뚜렷한 이목구비와 오뚝한 콧날은 미인이라는 칭찬을 귀에서 떨어지지 않게 만들었죠.

"네가 동네 짱 해라."

누나는 동네 짱이기도 했어요. 나이 많은 억센 형들도 누나한테는 꼼짝을 못했거든요. 누나는 주먹을 쓰지 않았어요. 득음한 목소리로 어떤 상대든 말로 이겼죠. 오징어잡이 놀이 할 때, 누가 규칙을 어기고 우기기라도 하면 지체 않고 누나가 심판관으로 나섰어요.

"너, 죽은 거 맞아."

대체로 우리 편에 유리한 판정을 내리긴 했어요. 동네꼬마 중에 누군가 괴롭힘을 당하면 또 지체 없이 누나가 나섰어요.

"네가 얘 괴롭혔냐?"

"그렇다면 어쩔래?"

"어쩔래? 네가 겁신경에 마비가 왔냐?"

누나의 호위무사를 자처하던 형들도 많았어요. 누나는 그들과 함께 불의를 참지 못했고 왕따 근절에 힘썼죠. 그래서인지 누나를 볼 때면 여전사 잔 다르크가 연상돼요. 조금은 심술궂은 잔 다르크…….

"네 얼굴이 내 얼굴보다 크다."

초등 2학년생의 얼굴면적이 어떻게 중학생의 그것보다 클 수 있겠어요. 그래서 손바닥으로 얼굴 크기를 재 봤어요. 누나의 얼굴은 내 작은 손바닥 안에 다 들어왔어요.

반대로 누나의 손바닥에는 아무리 내 얼굴을 우겨 담아도 들어가지 않는 거예요. 은근 승부욕이 발동했어요.

"손바닥 재 봐."

누나의 손바닥은 내 손바닥보다 두 배는 컸어요.

“누난 어디에서 내려요?”

난 못생겼어요. 내가 보아도 참 못생겼어요.

“넙죽이, 입 큰 개구리.”

그런 소릴 들을 때마다 이래저래 흥흥거리며 넘겼는데, 이제 더는 무신경할 수 없게 되었어요. 거울을 보며 미운 버짐을 박박 문질렀죠.

‘죽기 싫어. 미남으로 잘 살고 싶어.”

엄마의 배 속 돌멩이 사건 이후로 더 이상 죽고 싶다는 생각이 들지 않았어요. 내가 괴로워한 것처럼 엄마가 슬퍼할 거라 생각하니 도저히 그럴 수 없었죠. 무엇보다 지금의 나는 호젓하고 좋아요. 뜻하지 않은 선물처럼 복숭아천국을 경험

할 수도 있고……. 게다가 할머니도 없죠.

문제가 있다면 내가 못났다는 거예요.

'미남과 추남의 차이는 뭐지?'

그런 물음이 마음속에 지나갔어요. 남들이 못생겼다고 하면 그게 추남인가요? 반대로, 남들이 잘생겼다고 하면 저절로 미남이 되는 건가요? 같은 외모를 두고 누군가는 잘생겼다고 하는데, 또 다른 누군가는 못생겼다고 말할 수 있는 거잖아요.

미남과 추남의 차이는 한층 높은 차원의 질문으로 이어졌어요.

'아름다움이 뭐지?'

《선데이서울》의 비키니 아가씨들이 아름다운 건가요? 분명 그랬던 것도 같아요. 그런데 선데이 아가씨들이 아름답다고 하기에는 불만족스런 점이 있어요. 왠지 턱없이 부족하고 형편없는 뭔가가 있어요.

'예쁘다.'

언젠가 난생처음 가 본 백화점의 엘리베이터에 타고 있던 누나를 봤을 때 든 생각이에요. 그 누난 정말 예뻤어요. 예쁜 누나를 그냥 바라보기만 하는데도 심장이 두근거렸어요. 근데, 엘리베이터 문을 열어 주기만 할 뿐 누나는 내리지 않더라고요.

"누난 어디에서 내려요?"

"난 안 내려!"

"왜요?"

엘리베이터 누나는 대답 대신 신경질적으로 물었어요.

"넌, 어디서 내려?"

예쁜 누나가 있는 엘리베이터 타는 것보다 더 재미난 놀이기구는 없을 거예요.

"계속 타고 있으면 안 돼요?"

엘리베이터 누나는 대답 대신 얼굴을 찡그리며 물었어요.

"엄마는 어디 있니?"

얼마 시간이 지나지 않아 엄마가 나를 찾았어요. 듣기로는, 그 큰 백화점 안에 내 이름이 몇 번이고 울려 퍼졌대요. 엄마는 그때 처음으로 나를 손찌검했어요.

"너 지금까지 어디 있었어? 엄마 뒤에 있으라고 했지."

백화점 안의 그 많은 사람 앞에서 얻어맞는 게 창피하다 못해 서러웠어요. 서로 어울리지 않는 말을 한 것도 그때 처음이었어요.

"예쁜 누나가 참 못생겼어."

아무리 예쁜 얼굴도 찡그리면 보기 흉할 거예요. 그렇다면 얼굴 대신 표정이 중요한 걸까요? 나는 얼굴이 아니라 표정이 못생긴 걸까요? 시시각각 변하는 얼굴을 어떻게 못생겼다 잘생겼다고 말할 수 있을까나…….

'피슝 쉬쉬-.'

코를 빨래집게로 집었어요. 숨쉬기는 불편했지만, 코라도 오뚝하게 만들려면 어쩔 수 없었죠. 하지만 혹시라도 미용을 위해 그때의 나처럼 코를 빨래집게로 집으려는 어린이가 있다면 두 팔 벌려 말리고 싶어요. 코를 막으면 입으로만 숨 쉴 수밖에 없지 않겠어요? 그러면 아무리 똑똑한 사람도 바보가 된대요.

왜 바보가 될까나? 입으로 숨 쉬면 편할 것 같지만, 두뇌로 공급되는 산소가 코로 숨 쉴 때보다 20퍼센트밖에 전달이 안 된대요. 성장기 두뇌 성장과 발달을 방해해서 정말로 바보가 될 수 있다는 거예요.

난 그것도 모르고 잠자리에 누울 때면 어김없이 콧구멍을 빨래집게로 막곤 했어요. 그나마 이래 흥흥, 조래 흥흥 하며 숨을 쉰 게 다행이었죠. 아무튼, 아무 생각 없던 내 머리는 더 아무 생각 없게 되어 버렸던 것 같아요. 그 후의 기억은 잘 떠오르지도 않네요. 집중력은 무뎌지고 기억력도 점점 희미해졌죠.

다만, 한 가지 떠오르는 기억이 있어요. 어느 날은 나 혼자 아빠 가게를 지키고 있었어요. 복숭아천국을 오롯이 혼자서 경험한다는 기대감에 심장이 쿵덕쿵덕, 절로 절로 콧노래. 에헤라디야~. 자진방아를 돌려라.

'뭐시여?'

그런데 천국에는 선데이가 없었어요. 지독한 기름때 냄새만 가득했죠. 《선데이천국》을 찾아 이곳저곳을 기웃거렸지만 말짱 헛수고였어요. 나중에 알게 된 거지만, 형이 그 책들을 모두 불태워 버렸대요. 쾌락이 넘치는 평화로운 복숭아천국에 불은 왜 싸질렀을까나!

'당최, 천국은 어디 있는겨?'

뭘 해야 좋을지 모르겠어요. 오직 그것만 바라고 이곳에 왔는데……. 좌절이 깊어지자 허무했어요. 인생이…….

'무상하다.'

뜨뜻미지근한 전기장판에 누워 준비해 간 빨래집게로 콧날과 콧방울에 물렸어요. 그나마 기름때 냄새가 맡아지지 않아 다행이다 싶은데, 가게 문이 덜컹거리는 거예요.

'도둑인가?'

그 순간, 겁이 덜컥 났어요. 형의 빈자리가 엄마의 빈자리만큼 크게 느껴졌죠.

"누구여?"

어른 목소리를 흉내 내려고 최대한 걸쭉하고 짧게 말했어요.

"아빠다."

"누구요?"

"아빠라고."

아빠의 목소리가 긴가민가했어요. 걸어 잠근 꼬리 문을 풀고 정말 아빠라는 것을 확인하고 나서야 비로소 안도의 숨을 쉴 수 있었죠.

"별일 없었냐?"

아빠가 반갑기보다는 다행이라는 생각이 들었어요. 그때 《선데이서울》을 펼쳐 보고 있었다면 아마 아빠 볼 낯이 없었을 거예요.

"오늘은 아빠랑 있자."

아무래도 막내 혼자 가게를 지키게 하는 것이 아빠 맘에 못내 걸렸을 거예요. 그렇지만 아빠의 그 말이 왠지 부담스러웠어요.

"……."

엄마는 괜찮아요? 라고 한 번쯤 물어볼 법도 한데, 어색한 침묵만 붙들고 있었어요. 아빠와 나란히 누워 있는 게 참 어색하고 껄끄러웠죠. 눈만 말똥거리고 있는데, 아빠가 말을 붙였어요.

"숫자를 외워 봐라."

"네?"

"1부터 100까지 외워 봐."

초등학교 2학년의 산수 실력을 어찌 이리 얕잡아 보는 거죠? 1부터 100까지 틀리지 않고 말하는 것은 식은 죽 먹기보다 쉬워요.

"이제는 100부터 1까지 거꾸로 외워 봐."

거꾸로 숫자를 세는 것은 어렵지 않은데, 침이 마르고 목이 따가웠어요. 깊은 밤에 왜 숫자 타령을 해야 하는지 이유도 알 수 없었죠.

"10, 9, 8, …… 3, 2, 1, 0."

졸음을 무릅쓰고 무사히 0까지 왔어요. 잠깐이지만 우주비행사가 되는 꿈을 꾼 것도 같아요. '발사'라고 말하기도 전에 아빠가 말했어요.

"이제 구구단을 외워 봐라."

"그건 3학년 올라가면 배워요."

"그래?"

아빠는 냉정한 목소리로 덧붙였어요.

"사람은 셈을 잘 해야 해. 그래야 이 세상에 살아남아."

아빠와의 잠자리 대화는 그것으로 끝이 났어요. 지금 생각하면 안타까워요. 아빠와 함께하는 텔레비전 예능 프로그램을 보면 요즘 아이들이 부럽기도 하고요. 많은 다채로운 이야기와 정다운 대화가 그들 부자간에는 있어요. 아빠와 나는 오직 딱딱한 숫자로만 대화했을 뿐인데…….

아, 참. 아빠가 덧붙인 말이 있어요. 막 잠들려는데, 아빠가 물었어요.

"코는 왜 빨래집게로 틀어막았냐?"

한동안 머뭇거리다가 마지못해 답했어요.

"그냥……, 냄새가 지독해서요."

할머니의 진니국

코는 조금도 높아지지 않았어요. 숨 쉬기만 불편했죠. 도저히 안 되겠다 싶어 빨래집게를 떼어 냈어요. 그제야 뇌에 산소가 전해지기 시작했는지, 조금씩 기억이 되살아나네요.

"엄마가 왔다."

엄마가 왔어요. 병실에만 누워 있다가 거의 석 달 만에 집에 돌아왔어요. 그리고 엄마가 돌아온 바로 다음 날, 할머니도 집에 오셨어요.

"……."

엄마는 할머니를 잠깐 쏘아봤어요. 그러더니 아무 말 않고 방으로 들어갔어요. 개복을 여러 번 했다는 수술 후유증으로 엄마는 크게 말을 할 수가 없었어요. 속삭이는 듯한 작은 목소리로밖에 말할 수 없었죠. 그런데도 닫힌 방 문 너머, 아빠와 대화하는 내용이 다 들렸어요.

"니 엄니와 나 중에 택해."

"여보, 그건 말씨……."

"글쎄, 나 죽는 꼴 보고 싶지 않으면 지금 말해."

엄마 아빠의 비공개 정상회담이 열린 다음 날, 할머니는 다시 큰집으로 가셨어요. 그리고 사흘 만에 돌아오셨죠. 검버섯이 잔뜩 핀 할머니 얼굴을 보며 엄마는 그제야 의사 선생님의 말을 떠올렸어요.

"퇴원하면 요양해야 합니다. 환자분은 절대안정이 필요합니다."

엄마는 그 말을 진작 따르지 않은 걸 후회했어요. 몸 상태가 더 안 좋아져 이제는 속삭이듯 말하는 것도 힘들게 되었어요.

겨울방학 끝. 그 해의 겨울방학은 좀 이상했어요. 3학년 신학기가 시작되어 새로운 친구들을 만나 들뜬 마음으로 집으로 돌아왔는데, 엄마가 없어요.

"엄마는 절에 갔어."

누나가 말했어요. 달마도 아닌데, 엄마는 왜 절에 갔을까나? "이가 없으면 잇몸으로"라는 말이 있던가요? 그 말대로 할머니가 옛날 실력을 발휘했어요. 밥도 하고 국도 끓였어요.

밑반찬은 오직 김치 하나로만 먹었죠.

'쩝쩝…….'

할머니가 옛날 실력을 발휘한다고는 하지만, 학교급식이 아니었다면 아마 굶어죽었을 거예요. 할머니가 만든 음식은 먹기 어려운 것이었어요. 하루는 할머니가 진니국(김치찌개류의 충청도 음식)을 끓여 왔는데, 기겁을 했어요. 수많은 개미가 진니국 위에 둥둥 떠 죽어 있었거든요. 진니국이 아니라 개미국이었죠.

"할머니, 이거 못 먹어."

"왜? 맛나기만 하구만……."

"개미가 득실득실 죽어 있어."

"아녀."

손주가 밥을 먹거나 말거나 할머니는 개미국을 잘도 드셨어요. 오죽하면 탐스럽게 먹는 할머니의 모습을 보고 나도 좀 떠먹어 볼까 싶은 마음이 들 정도라니…….

'후루룩, 쩝쩝.'

할머니가 개미국 드시는 모습을 보니 떠오르는 게 있어요. 사람은 누구나 한 번쯤 죽을 고비를 넘기는 것 같아요. 우리 가족을 봐도 다들 죽을 위기를 한두 번쯤은 거쳤죠. 나도 예외는 아니었어요. 나는 국에 빠져 죽을 뻔한 일이 있어요. 정확히는 뜨거운 국이 쏟아져 죽을 뻔했다고 해야 맞겠군요.

"시래깃국 대령이요."

지금으로부터 5년 전, 엄마는 시래깃국을 한 가마솥 끓여 냈어요. 시래깃국은 내가 가장 좋아하는 국이에요. 구수한 된장국물에 밥을 말아 시래기와 함께 걸쳐 먹으면 밥 한 공기 뚝딱. 그리고 아무 일도 없던 것처럼 또 밥 한 공기 뚝딱. 깍두기는 꼭 필요한 옵션.

워낙 시래깃국을 좋아해서 그런 걸까요? 할머니가 내가 앉은 밥상머리에 그걸 올려 놓았어요. 근데, 뭔가 좀 이상하고 아찔한 느낌이 들었어요. 커다란 솥 안의 국이 용암처럼…….

'아뿔싸!'

접었다 펴는 식으로 되어 있는 상다리가 나 있는 쪽만 접히고 만 거예요. 펄펄 끓는 국물이 쓰나미처럼 내 몸을 덮쳤어요. 공교롭게도 그때 앙고라 털로 짠 두꺼운 스웨터를 입고 있었는데, 뜨거운 국물이 스웨터에 속속들이 스며들었어요. 그때의 고통은 이루 말할 수가 없어요. 불가시가 장대비처럼 쏟아지는 지옥에 발을 들여놓은 느낌이었다고 할까요?

"옷 벗겨."

아빠와 엄마가 스웨터를 벗겨 내려는데, 스웨터가 몸에 달라붙어 잘 벗겨지지 않았어요. 나는 화형 당하는 죄수처럼 울부짖었어요.

'뭐해, 아빠?'

옷이라도 빨리 벗겨 주면 그나마 나을 텐데……, 마치 느린 화면 지나가는 것처럼 아빠의 행동이 무척이나 굼뜨게 느껴졌어요.

"밑에서 푸면 되지. 그 뜨거운 걸 왜 니 앞에 올려 놓았는지 모르겠다."

그때 일이 생각날 때면 엄마는 아빠가 듣는데도 혼잣말처럼 이렇게 말했어요. 평소 같으면 역정을 낼 만도 한데, 아빠는 눈만 끔벅끔벅, 주변을 감싼 공기는 깜박깜박. 내가 그만하라, 눈치를 주면 그제야 엄마는……,

"그래도 니 할머니가 장사여. 장정도 들기 힘든 쌀가마도 번쩍번쩍 들었어."

백열등 전구가 명을 달리해서 이제 깜박이지도 않네요. 어둠 속에서 우리 식구들은 말을 잃었어요. 침묵 속에서 생각했죠.

'실수일 뿐.'

나도 할머니가 펄펄 끓는 가마솥을 왜 굳이 다섯 살배기 손자 앞에 올려 놓았는지 이해할 수 없어요. 그렇지만 그건 할머니 잘못이 아니에요. 실수였을 뿐이죠.

"2도 내지 3도 전신화상입니다."

왕진 온 의사 선생님의 말에 엄마는 안도하는 눈치였어요. 2~3도라는 별로 높지 않은 화상 수준에 잠깐 안심이 되었나 봐요. 의사 선생님의 다음 말은 목소리에 날이 서 있었어요.

"3도 화상은 심각합니다. 진피층이 손상되어 회복이 불가능합니다. 아이의 몸에 평생 상처가 남을 겁니다."

그 목소린 마치 엄마를 꾸짖는 소리 같이 들렸어요. 누구를 꾸짖을 필요는 없지만, 굳이 꾸지람을 들어야 할 사람이 있다면 엄마는 아니에요. 그렇다고 할머니도 아니에요.

'실수일 뿐. 그렇지만 차라리…….'

시래깃국이 선사해 준 전신화상은 심각했어요. 벌겋게 부풀어 오른 살갗은 물렀다 터지기를 반복했어요. 화마에 지친 피부가 수도 없이 진액을 토해 냈어요. 아빠가 나를 대하는 눈빛도 따가웠어요.

'넌 왜 다쳐서 부모 맘을 아프게 하냐?'

나 하나 없어지면 모든 게 깨끗할 것 같다는 생각이 들어요.

엎친 데 겹친 격으로 홍역까지 걸렸어요. 아마 그때 수도 없이 죽고 싶다는 생각을 했던 것 같아요. 차라리 누군가를 원망했다면 어땠을까요? 내 마음은 기댈 데가 없었어요. 어린 마음이 어른 흉내를 냈어요. 꿈틀거리는 애벌레가 나뭇잎 사귀를 갉아먹듯 내 마음은 운명과 소외라는 벌레에 갉아 먹혔어요.

텅 빈 마음은 아무것도 붙잡지 않고 아무것도 희망하지 않았어요. 삶의 무게가 아침잠보다 가볍게 되어 버렸죠.

"자라면서 흉터가 없어질 거야."

누구라도 혀부터 끌끌 차며 그런 말을 했어요. 거울을 보면 그 말을 믿기 힘들었지만, 이제 익숙해진 상처에게 친구 대하듯 말을 건넸어요.

'흉터와 상처야, 제발 사라져 줘.'

다행히 얼굴 흉이 없어졌어요. 생각해 보면 얼굴 흉이 없어진 대신 버짐이 내려앉은 것 같아요. 딱 지금의 버짐 자리인 양 뺨과 미간 사이에 뜨건 시래기 건더기가 내려앉았거든요.

'시래깃국 먹고 싶다.'

좋은 추억이 깃들지 못한 시래깃국이지만, 난 여전히 그 국을 좋아해요. 아마도 할머니가 진니국 대신 시래깃국을 끓여줬다면 개미가 죽어 동동 떠 있었어도 맛있게 먹었을 거예요.

내 친구 근철이

'헤-.'

입을 벌리고 있어요. 빨래집게를 코에 집은 후부터 나쁜 버릇이 생겨났는데, 그건 다름 아닌 코 대신 입으로 숨을 쉬는 거예요. 그 바람에 언제 어디서나 입을 벌리고 있었어요. 그 때문인지 3학년 때부터 배우기 시작한 구구단은 5단까지만 외울 수 있었어요. 정확히는 6단 3곱하기까지…….

"6×3, 18."

그 후로는 도통 외워지지 않아요. 뭘 해도 집중이 안 되고 정신은 산만해요. 그 때문인지 3학년 시절은 기억이 안 나네요. 기억나지 않는 초등 3학년생 시절이지만 좋은 친구를 만

난 건 기억해요. 근철이라고 참 좋은 친구였어요. 같은 또래라고 생각되지 않을 만큼 솔선수범하는 학급반장이었어요. 그 친구와는 마음이 잘 맞았어요. 옆에 가만히 있어도 위로가 되고 힘이 되는 친구라니…….

여름방학을 앞두고 그 친구가 해 준 충고도 생각나요.

"넌 왜 항상 입을 벌리고 있어?"

"왜?"

"이런 말 한다고 섭섭하게 생각하지 마. 좀 바보 같아 보여."

그 친구가 아니었다면 입으로만 숨 쉬는 통에 (두뇌성장이 멈춰서) 정말 바보가 되었을지도 몰라요. 난 근철이가 참 좋았어요. 처음으로 친구다운 친구를 만난 것 같았죠. 학교 끝나면 근철이 집에 가서 같이 숙제하고 어울렸어요. 어려운 숙제 문제도 근철이가 설명해 주면 신기하게도 이해가 되었어요.

근철이에겐 예쁜 여동생이 있었어요. 애석하게도 그 아이의 이름은 기억이 안 나요. 눈송이처럼 그 아이에겐 '꽃송이'라는 임시 이름을 붙여 줘야겠어요. 꽃송이는 예쁜 입술을 오물거리며 나를 불렀어요.

"오빠!"

그 소리가 참 듣기 좋아요. 못생긴 노처녀라도 나를 그렇게 불러 주면 사랑에 빠질 거예요. 하루는 엄마가 무언가를 기념

하기 위해 시루떡을 만들었어요. 난 시루떡을 한 바가지 챙겨 들고 근철이 네 집으로 무작정 달렸어요. 꽤 먼 거리를 달려 근철이에게 따끈한 시루떡을 건네주는데, 기분이 참 좋았어요. 그때 꽃송이가…….

"오빠, 고마워."

꽃송이의 말을 가슴에 품고 길을 걸었어요. 집으로 돌아오는 길이 왠지 허전했어요. 난 근철이에게 좋은 친구일 수는 있겠지만, 좋은 가족이 될 자신은 없어요. 꽃송이를 계속 좋아하는 건 친구에 대한 예의가 아닌 것 같아요.

그래서 그다음부터 근철이 집에는 놀러 가지 않았어요. 근철이가 자기 집에 가자고 해도 다른 일이 있다며 핑계를 댔어요. 모처럼 맘 맞는 친구를 만났는데, 진실하게 행동하지 못했어요. 좋아하는 마음 때문에…….

악바리 섭섭이 삼형제

여름방학에 시골이모 댁으로 내려갔어요. 치유의 계절이었어요. 잠자리 잡고, 개울에서 개구리뒷다리 가지고 놀고, 멱을 감고 놀았어요. 저녁땐 옥수수 쪄 먹고, 겨우내 쟁여 놓은 고구마며 감자를 숯불에 구워 먹었죠.

"맴맴 매미소리가 시원하게 들릴 때 잠 못 자며 기다리던 날 여름성경학교 열렸다."

사촌동생, 은희와 헌수를 따라 여름성경학교에 갔어요. 교회가 그렇게 재미있는 곳인지 처음 알았어요. 시골아이들에게 행여나 서울바보로 보일까 봐 입을 굳게 다물었어요. 난생처음 듣는 주기도문도 사촌동생 헌수를 따라 잘도 외웠죠.

예배당에 배를 깔고 누워 그림을 그리고 시도 지었어요. 잘 그린 그림과 잘 지은 시에는 전도사님이 상을 주었어요. 그 상들은 헌수와 내가 몽땅 휩쓸었어요. 찬송가를 불렀어요. 대부분 즐거운 노래였지만 이상하게도 이 노래가 마음에 깃들어요.

"이 풍진 세상을 만났으니 너의 희망이 무엇이냐.♪"

찬송가를 잘 부른다며 연속으로 상을 받았어요. 맛난 간식거리가 부상으로 주워졌어요. 그것을 아이들과 나누어 먹으니 더 맛있었어요.

'솨아…….'

시원한 예배당 마룻바닥에 앉아 바람 소리를 들었어요. 향수 머금은 시골 바람은 머리를 서늘하게 식혀 주었어요. 예배당 드높은 천장에서 불어오는 그 바람을 잊을 수가 없어요. 마치 대나무 숲에 젖어드는 파도소리 같았죠.

"콩국수 먹자."

교회에 다녀오자 이모가 말했어요. 익힌 콩을 맷돌에 갈았어요. 맷돌을 돌리는데, 생각보다 힘들었어요. 황소 장딴지 같은 맷돌은 잘 돌아가지 않았어요. 힘들게 맷돌 돌려 먹는 콩국수는 꿀맛이라니…….

"밭에 가자."

밭에 가서 고추도 따고 깻잎도 땄어요. 간혹 보이는 벌레가 징그러웠지만 흙냄새가 향긋했죠. 여름방학 때 시골에서의 모든 일이 소중한 추억이 되었어요. 자연을 담은 시골은 내 아픈 마음을 치유하고 벌어진 입을 다물게 했어요. 삶의 소중함도 일깨워 주었죠.

그런데 알고 보니 그 곳에도 갈등이 있었어요. 이모님 댁 이웃집에는 섭섭이 삼 형제가 살았어요. 기섭이, 훈섭이, 막섭이 이렇게 삼 형제였는데, 아주 악바리들이었어요.

"축구하자."

첫째 기섭이는 일곱 살쯤 되었을까나. 헌수와 내가 편을 먹고 섭섭이 삼 형제가 편을 먹었어요. 조막으로 축구골대를 세워놓고 바람 다 빠진 공을 차면 놈들이 아귀처럼 달려들어요. 어린 애들 상대로 이겨 먹는 것도 우습고 해서 설렁설렁 상대해 주면 지들이 이긴 줄 알고 아주 의기양양했죠.

"짚 던지기 하자."

짚을 주먹 크기로 말아서 눈싸움하듯 상대에게 던지는 놀이가 있었어요. 이번에야말로 섭섭한 놈들의 버릇을 고쳐 놔야겠다 생각했어요.

'퍽퍽.'

내가 던진 짚 주먹에 섭섭이 일당이 맥을 못 췄어요.

"그만, 그만."

"형이라고 말해."

"늬들이 왜 형이여?"

놈들은 각각 세 살, 다섯 살이나 많은 헌수와 내게 '너'라고 했어요. 정확히는 사투리 발음 '늬'라고 해야겠군요. 짚 주먹으로 그렇게 얻어터지면서도 놈들은 고집을 꺾지 않았어요.

"늬들이랑 안 놀아."

기섭인 동생들을 끌고 자기 집으로 도망갔어요. 귀찮게 하는 섭섭이 일당이 자진해서 그런 말을 하니 헛웃음이 났어요.

"허허, 우리도 섭섭이들과는 안녕이다."

헌수와 나는 얼굴을 마주보며 웃었어요. 그러고는 약속이나 한 듯 윗바위개울을 향해 냅다 뛰었죠. 수영복 같은 건 필요도 없어요. 홀딱 벗어도 상관없죠. 우리는 겨우 팬티만 걸친 채 개울에 뛰어들어 신나게 물놀이를 즐겼어요. 윗바위개울은 커다란 바위 두 개가 병풍처럼 둘러싸인 곳이에요. 누구에게 벌거벗은 모습을 들킬 염려도 없고, 물도 계곡물처럼 차서 발만 담가도 금세 더위가 물러갔죠. 개울물에 몸이 으스스해지면 윗바위에 올라 햇볕을 쪼였어요. 따스한 햇살에 몸이 덥혀지면 다시 윗바위로 올로가 물로 뛰어내리며 다이빙을 즐겼어요.

'첨벙.'

"하하하! 시원하다."

한참을 멱 감고 있는데, 어디선가 작은 돌멩이가 날아왔

어요.

'후드득 후드득.'

옥수수 알갱이보다 좀 더 작은 돌멩이가 우수수 쏟아졌어요.

"이게 뭐여?"

영문을 모르는 헌수와 나는 돌멩이를 피해 몸을 움츠렸어요. 잠시 후, 헌수가 소리 질렀어요.

"누구여? 썅."

"늬들이 우리 아그들 때렸자?"

섭섭이 일당의 사촌누이들이 뿔이 나서 소리를 질렀어요. 그러고는 다시 돌멩이를 퍼부었어요. 우리는 감히 반격을 시도할 수도 없었어요. 윗바위에서 날아오는 돌멩이는 우리를 무차별 폭격했어요. 우리도 맞상대를 하고 싶은데, 돌멩이 하나를 던지면 스무 개가 날아왔어요. 윗바위에 몸을 숨긴 섭섭이 사촌누이들의 모습은 눈에 보이지도 않았죠.

"짚 주먹 가지고 논 겨."

억울하다기보다는 수치스러웠어요. 하얀 팬티가 물에 젖어 잠지가 다 비치지 뭐야? 그 새로 물이 뚝뚝 떨어져 꼭 오줌 싸고 있는 것처럼 보이는 거야! 오줌이라도 싸고 있는 것처럼 물이 뚝뚝 흘러내렸죠. 차가운 개울물에 너무 오래 담그고 있었는지 몸도 덜덜 떨렸어요.

"우리 아그들한테 사과혀."

"그런 게 아니래도……."

말 대신 돌멩이가 날아왔어요. 사람 몸에 꼬리가 달렸다면 아니 내릴 수 없었죠.

"알았어. 사과할게. 미안혀."

"진심으로 안 혀?"

"쌍! 했잖여."

"고따위 태도는 뭐여?"

헌수가 섭섭이 사촌누이들과 실랑이하는 틈에 나는 주먹만 한 커다란 돌멩이를 집어 들었어요. 그러고는 윗바위를 향해 있는 힘껏 던졌어요. 맞은 것 같진 않았어요. 그때는 그녀들 대갈통에 정통으로 맞길 바라고 던진 건데, 돌이켜 생각하니 정말 그랬다면 큰일 났을 거예요. 아무쪼록 큰 부상자가 없어 다행이에요. 어찌 되었든 불의의 일격에 섭섭이 군단의 기세가 꺾인 것 같았어요.

"사과 한 거 맞아?"

"그렇다니, 이제 그만혀. 먼저 기섭이가 우덜과 맞먹었구먼."

"담부터 우리 아그들 괴롭히지 마."

'흥. 섭섭이들이 우리를 귀찮게나 하지 말라고 해.' 그런 말을 하고 싶었지만 입 밖에 내지는 않았어요. 순조롭게 정리되고 있는 마당에 괜히 불씨를 되살릴 필요는 없었죠. 섭섭이와 뿔난 사촌누이들이 사라지고 난 뒤 헌수와 나는 부랴부랴 윗바위로 올라 옷을 입었어요.

"다시는 섭섭이들과 상종 안 혀, 썅!"

헌수가 나처럼 보랏빛으로 물든 입술을 덜덜 떨며 말했어요. 그러고 보니 벗어 놓은 옷도 윗바위에 있었네요. 여러모로 처참한 패배였어요.

다음다음 날, 배낭을 메고 집을 나서는 섭섭이 사촌누이들과 마주쳤어요. 그녀들은 나를 보며 아랫입술을 삐죽였어요. 그러고는 말을 붙였죠.

"서울촌놈이라믄서……?"

답할 필요가 없는 질문에는 그저 고개만 가로저으면 돼요. 눈빛이 강한 주근깨 얼굴이 나를 쏘아보는 게 아주 마뜩잖았어요. 성을 낼까 궁리하는 차에 주근깨 투성이가 말했어요.

"부탁이여. 우리 사촌 아그들 잘 대해 줘."

'흥, 섭섭한 것들한테 그럴까 보나.'

마음속 생각과는 다르게 나는 말없이 고개를 끄덕이고 있었어요. 사촌누이들이 읍내 자기들 집으로 돌아가자 섭섭이 일당은 다시 찾아왔어요.

"행님들, 우리 축구 혀."

‘나에게 동전을 줘’

헌미누나의 손을 잡고 시외버스에 올라탔어요. 이제 시골에서의 즐거운 추억도 끝이네요. 차창 밖으로 어른거리는 헌수가 보여요. 버스가 시동을 걸면 헌수의 모습도 그만이겠죠. 손을 흔들며 작별 인사하는 헌수의 모습을 보니 왈칵 눈물이 쏟아질 것 같아요.

‘자연 속에 살고 싶다.’

시골에 살고 싶어요. 헌수는 근사한 형제 같고, 이모님 댁이 내 집 같아요. 푸른 산과 맑은 개울, 그리고 때 묻지 않은 시골아이들의 미소가 보기 좋아요. 얄궂은 섭섭이들도 그리울 것 같아요.

조그만 돌멩이만 골라 던졌던 섭섭이 사촌누이들도 떠오르네요. 갈등이 있긴 했지만, 그녀들도 그리울 것 같아요. 섭섭이들이 우리 보고 '행님'이라고 부르게 된 건 그녀들의 공이었을 거예요. 다짜고짜 소똥만 한 돌멩이를 던졌던 걸 사과하고 싶어요. 시골에서 있었던 갈등 중 그게 가장 큰 것이었어요. 도시로 올라가면 만나게 되는 갈등과는 비교가 되지 않아요. 작고 소박하고, 그리고 아름다운 것들이죠.

'어떻게 살아야 하나.'

서울로 올라가는 고속버스 안에서 고민에 빠졌어요. 아픈 엄마, 바쁜 아빠, 그리고 멀쩡한 할머니가 있는 그곳에 살 자신이 없어요.

"빠르빠르 빠라방."

서울로 올라온 나는 깜짝 놀랐어요. 하루아침에 세상이 변했다니……. 그것도 왕창.

"이건 조이스틱이야. 버튼을 누르면 너구리가 점프를 해."

형이 나한테 신세계를 가르쳐 줬어요. 형은 '선데이천국'을 불태운 대신 '오락실천국'을 소개해 주었어요. 너구리가 압정을 뛰어넘고, 우주선이 총을 쏘면 똥파리들의 배창새기가 터져나갔죠.

"빠르빠르 빠라방."

오락실 안 가득 울려 퍼지는 전자 기계음 소리는 내 혼을

쏙 빼놓았어요. 모든 고민과 근심은 사라지고 인생은 즐거운 것이다, 살 만한 것이다, 라고 소리쳤어요. 오락기 동전 구멍에 50원짜리 동전을 꽂아 넣으면 젖과 꿀이 넘치는 환상이 금세 눈앞에 펼쳐지죠.

"띵."

동전 떨어지는 소리가 마치 시골 똥간에 똥 떨어지는 소리처럼 들려요.

'파파박 팍팍.'

'엉클 조'라는 악당 때려잡는 게임은 내가 제일 좋아했던 게임이에요. 손이 안 보이도록 조이스틱 단추를 누르면 번개 주먹이 나가고 악당들이 쓰러져요. 그게 그렇게 통쾌할 수가 없어요.

'그 무엇이 이보다 좋을 수 있을까나.'

난 단숨에 오락에 중독되었어요. 조이스틱 단추를 얼마나 신나게 눌러 댔는지, 손톱에 피가 맺혔어요. 그래도 엉클 조를 멈출 수는 없어요.

'파파박 팍팍.'

거의 날마다 오락실에 살았어요. 오락실에서 밥을 주었다면 시골 가마솥 누룽지처럼 그곳에 눌어붙어 있었을 거예요. 얼마나 열심히 조이스틱 단추를 눌러 댔는지 손톱이 두 개로 자라났어요.

'인간 진화는 참 대단하다.'

두 개로 자라난 손톱을 보며 그런 생각이 들었어요. 그런데 짓물러 아픈 손톱 말고 나를 괴롭히는 게 또 있었어요. 오락기 구멍에 동전을 넣으려 할 때마다 마음이 무거웠어요. 그때는 오락실 가는 아이들이 있으면 칠판에 이름이 적혔어요.

「오락실에 가지 맙시다.」

등교할 때면 고학년 형들이 그런 말이 써진 피켓을 들고 서 있었어요. 오락실 출입은 떳떳치 못한 일종의 사회악으로 간주되었어요. 하지만 나의 마음은 다른 것에서 무거운 것을 짊어지고 있었어요. 떳떳치 못한 무엇을 한다는 것이 아니에요.

'오락은 내 친구.'

오락실은 내 마음을 제일 잘 알아주는 친구였어요. 정확히는 친구들이죠. 오락실의 각종 오락기는 하나같이 내 마음을 채워 주었어요. 그들과 함께라면 인간친구 같은 건 필요 없다고 생각했죠.

"띵!"

동전 떨어지는 소리와 함께 사회악은 사라져요. 눈앞에 환상적인 친구들이 어서 오라며 손짓을 하는데, 그 어둡고 찝찝한 놈을 붙들고 있을 필요는 없죠.

「게임 오버.」

게임이 끝나고 다시 동전을 넣으려고 할 때면 어김없이 뭔가 어둡고 탁한 것이 고개를 들어요. 그것의 정체는 아빠 엄마였어요. 가족과 오락 사이에서 내 마음은 이렇게 번민해요.

'간통스럽다.'

아빠 엄마가 고생해서 버시는 돈을 함부로 낭비한다는 무거운 마음이 나를 잡고 쉬이 놓아 주지 않아요. 오락에만 파묻혀 있는 내가 과연 옳은가, 라는 생각도 고개를 들죠.

"끊자. 내 다시 오락실에 발을 들이면 인간이 아니다."

비장한 결심도 작심이틀, 오락 못하는 괴로움이 금단현상처럼 몸을 휘감아요.

「나에게 동전을 줘.」

오락괴물이 머릿속을 헤집으며 온종일 떠들어요. 잠자리에 누워 꿈을 꾸면 오락괴물이 나무통을 집어 던져요. 놈이 던지는 나무통을 뛰어넘어 공주님을 구해야 해요.

「동전 달라니…….」

학교수업 중에도 오락괴물은 어김없이 튀어나와요. 커다란 칠판이 온통 전자오락기 화면처럼 보여요. 눈을 돌려 창문을 바라보면 오락실 유리문이 어서 들어오라며 손짓하죠. 칠판이고 창문이고 동전을 달라며 아우성이에요.

"띵, 띵, 띵."

오락실은 그 마성에 흠뻑 젖은 가여운 소년의 죄책감 묻은 동전을 낱낱이 빨아들였어요. 오락실을 처음 데리고 가 준 형이 원망스러웠어요. 시골에서의 일을 떠올리며, 푸른 산과 들, 맑은 시냇물이 나를 다른 세상으로 데려가 주길 바랐어요. 그런데도……,

"띵, 띵, 띵."

동전은 어김없이 떨어졌어요. 요란한 기계음이 게임 시작을 알리면 비로소 거칠어진 숨과 마음이 안정되어요. 오락실 단골이다 못해 진골이라 할 수 있지만, 오락실 주인아저씨는 나를 보며 그렇게 달가워하지 않았어요.

"언제 끝나니?"

너무 잘했거든요. 내가 한 번 게임을 시작하면 내 뒤로 끝나길 바라며 기다리는 애들이 줄을 지어 섰어요. 개중엔 왕까지 깨는 모습을 보려고 서 있는 애들도 있었고요. 어쨌든 주인아저씨는 나 때문에 회전률에 문제가 생겼어요. 나는 아빠 엄마의 땀 묻은 돈을 생각하며 악착같이 오락을 했어요. 기왕 오락할 거 최대한 길게 살아남아 오래 하는 것이 그분들의 피와 땀이 서려 있는 돈에 대한 최소한의 예의 같았죠.

「게임 오버.」

이런, 동전이 다 떨어졌네. 엄마한테 계속 돈 달라는 것도 더는 면목이 없고, 그렇다고 내 삶의 진정한 빛인 오락을 그만둘 수도 없고……,

'아, 그렇지.'

좋은 생각이 뇌리를 스쳤어요.

'할머니의 쌈짓돈.'

나는 눈에 쌍심지 불을 켜고 할머니를 감시했어요. 벽장벽지에서 찾았던 빨간 돈이 아직도 생생해요. 분명히 할머니는 또 어딘가에 쌈짓돈을 감추어 두었을 거야.

할머니의 손이 닿은 물건들을 낱낱이 살폈어요. 그리고 마침내…….

'이것이 뭣이여?'

그때의 짜릿한 감격을 뭐라 설명할 수 있을까요? 돈은 할머니가 덮는 이불 사이에 끼여 있었어요. 이번에는 빨간색이 아니었어요. 시골의 푸르디푸르렀던 산과 들처럼……, 푸른색. 이 돈이면 평생 동안 오락할 수 있을 것 같아요.

그런데 돈이 너무 많았어요. 이래선 할머니가 나한테 들켰던 것처럼 나도 가족 누군가에게 들킬 것만 같았죠.

"엄마, 은행에 가고 싶어."

엄마를 졸라 통장을 만들었어요. 그동안 모아 둔 용돈이라며 팔천 원은 저축하고 이천 원은 뺐어요. 근데 이상하네? 당연히 엄마 이름으로 되어 있을 거라 생각했는데, 통장은 내 이름으로 되어 있었어요.

'이건 뭐여?'

내 명의로 되어 있는 통장을 보고 또 봤어요. 오락실 가는 것을 까먹을 정도로 신기하고 좋았어요. 팔천 원이 든 통장은 나를 너무도 행복하게 만들었어요. 이 세상 최고의 부자가 된 것 같았죠.

'좋은 것이로구나, 돈은…….'

돈 모으는 재미에 빠지다

통장을 채우기 위해 눈에 불을 켜고 돈을 찾았어요. 공중전화부스의 반환 구멍을 괜히 확인하고, 혹시라도 땅에 돈이 떨어 있지는 않나 살폈어요. 내 나이에 할 수 있는 돈 되는 일이 무엇일까 궁리했어요. 오락실은 돈 모으는 재미보다 못했어요. 늘 바라던 바대로 오락을 끊은 건 아니에요. 단지 잠시 쉬어가는 것도 좋을 것 같다고 여겼어요. 쉬엄쉬엄하면 손톱도 회복되고, 돈도 아끼고, 여러모로 좋을 것 같았어요.

'역시, 학생은 공부지.'

그동안 밀린 공부도 했어요. 전교 1등, 착한 거로는 세계 1등, 민섭이와 친하게 어울리며 바닥권까지 떨어진 성적을 상위권에 올려놨어요. 경시대회에 나가 상도 받고, 신기하게도 글짓기대회가 있으면 상을 휩쓸어 버렸죠. 성적이 급상승하니 선생님 칭찬도 쏟아지고, 공부도 재미있더라고요.

'이 오락은 게임성이 별로.'

절제가 불가능했던 오락실도 이제는 조절이 가능했어요. 새로운 게임기가 나와도 그전에 했던 게임과 비슷비슷해서 식상했어요. 이제는 오락을 게임 폐인이 아니라 가벼운 마음으로 기분전환 겸 했어요. 삶이 구심점을 찾고 본래 모습으로 돌아왔어요. 그것의 중심에는 통장이 있었어요.

'채우고, 채우고 또 채워 넣자.' 통장은 내 마음이에요. 내 마음에 값나가는 것으로만 가득 채우고 싶어요. '얼마면 만족해?' 통장이 때때로 내게 그런 말을 던졌어요. 통장의 숫자를 보면 좋기도 하지만 조바심이 나기도 해요. 어서 만족할 수 있을 만큼 채우고 싶어요. 그 만족스러운 정도가 어느 만큼일지는 도통 짐작할 수 없지만…….

'십만 원이면 돼?'

대략 사만 원을 모으는 동안, 시간은 빨리도 흘러갔어요. 5학년이 되었고, 애석하게도 근철이, 민섭이와는 각각 다른 반으로 갈라졌어요. 대신, 선미를 만났어요. 난 선미한테 첫눈에 반했다니……!

'그녀는 눈꽃송이.'

그 아인 눈처럼 눈부시고 꽃처럼 아름다웠어요. 첫사랑의 결정체라고 할 수 있죠. 미스코리아 진선미를 합쳐 놓아도 그 아이의 머리칼 한 올도 감당하지 못할 거예요. 선미는 착하고, 아름답고, 그리고 강했어요. 출석 확인을 위해 그 애의 이름을 선생님이 부르기라도 하면 심장이 멎을 것만 같았죠.

"강선미."

이따금 선미와 짝꿍이 되기도 했어요. 짝꿍 선미를 바라보면 마음이 날개를 달고 천국에서 뛰놀아요. 복숭아천국이 선사했던 기쁨과는 차원이 다른 것이었어요. 그런데 아주 기분 나쁜 훼방꾼이 나타났어요.

"얼레리 꼴레리, 우진이는 강선미를 좋아한대요.♪"

어릴 적, 2층집 대궐 같은 집에 살며 동네아이들을 괄시하고 무시했던 우진이도 한 반이 되었어요. 자전거 타고 싶어하던 나를 먼지 털어 내듯 툭 차 버린 우진이에요.

"나, 선미를 좋아해."

놈은 공개적으로 선미를 좋아한다고 씨부렸어요. 누군가를 좋아하는 맘이 있어도 비밀로 하는 게 보통인데, 이 애새끼는 마치 좋은 물건에 찜하듯 선미를 좋아한다고 떠벌리고 다녔죠. 놈이 하도 떠벌리고 다니자 아이들의 놀림 수위도 한층 높아졌어요.

"우진이는 강선미를 사랑한대요. 둘이는 결혼한대요. 알나리깔나리.♪"

아이들이 그렇게 놀려도 우진이는 웃기만 했어요. 놀리면 놀릴수록 놈의 미소가 더욱 두터워졌죠. 놈의 행동이 느끼하고 마뜩잖긴 했지만 그의 당당한 태도가 부럽기도 했어요. 그렇지만 좋아하는 사람에 대한 바람직한 태도는 아니에요. 선미도 놀림의 대상이 되어 버렸잖아요.

"얼레리 꼴레리, 알나리 깔나리~."

아이들이 얼레리 꼴레리 송을 부를 때면 우진이라는 이름 대신 내 이름이 들어가길 바랐어요. 선미를 따라다니는 우진이를 볼 때마다 마음이 복잡했죠. 그나마 (천만)다행인 것은 선미가 우진을 피했다는 거예요. 그러나 이따금 우진이를 마주하며 선미가 웃는 모습을 보일 때면 누군가 커다란 국자로 내 마음을 휘젓는 것 같았죠. 그제야 삼각관계의 심각성을 알게 되었어요.

골치 아프다는 형의 말도 이해할 수 있었어요. 아끼는 친구 민섭, 혹은 멋진 친구 근철이가 우진 대신이었다면 또 달랐을 거예요. 아마도 우정을 위해 나는 선미를 잊을 수도 있었을 거예요. 다라운 우진이라서 마음이 불편했어요. 뾰족한 삼각 모서리가 바늘처럼 마음을 찔렀어요.

"휴~."

삼각 모서리에 찔린 마음은 번민했어요. 아무것도 할 수 없고 한숨만 나와요. 책을 펼쳐도 문자 대신 글씨가 보이고, 밥을 먹어도 밥알만 혀끝에서 맴돌아요. 하루 24시간 중에서 불과 1, 2초 동안만 나를 인식할 수 있어요. 내 마음은 확인하는 한순간만 빼고는 내내 덮여 있어요. 마치 통장처럼…….

'당최.'

신기하게도 선미를 좋아하는 마음이 더 커졌어요. 그전에는 그냥저냥 좋아하는 수준이었는데, 삼각 모서리 우진의 출현으로 나는 선미를 사랑하고 있다는 걸 깨닫게 되었죠. 사랑을 위해 실제로 해야 할 것에 대해 고민했어요.

'통장은 수단이야.'

맹목적인 목적도 사랑 앞에선 수더분한 수단이 되어요. 통장에 돈을 채워 넣는 것은 짝꿍 선미와의 결혼 자금을 위한 것이 되었어요.

"아빠, 돈 줘."

구두를 닦고 아빠한테 용돈 달라했어요. 그러면 아빠는 허허 웃으며 커다란 동전을 쥐어 내게 주었죠. 동전이 없어 나중에 주겠다고 하면 종이돈 달라며 떼를 썼어요.

"엄마, 남은 돈은 심부름 값이야."

"안 돼. 거스름돈이 너무 많아."

"나, 심부름 안 가."

엄마는 끓는 물을 바라보며 어쩔 수 없이 내 말에 수긍해야 했어요.

“알았어. 대신 빨리 갔다 와.”

그렇게 한두 푼 모았어요. 그렇지만 그런 푼돈으로는 통장의 배가 쉽게 부르지 않았어요. 짝꿍 선미와 신혼집을 차리기엔 어림도 없었죠.

‘한탕 크게 해야겠어.’

나는 유독 검버섯이 더 많이 피어 있는 할머니의 오른뺨을 보며 생각했어요.

‘이번엔 어디다 두었을까나?’

아무도 보는 눈이 없으면 할머니의 벽장을 뒤졌어요. 푸른 돈이 있었던 이불 사이에는 없네요. 빨간 돈이고 푸른 돈이고 아무 데도 없었어요. 할머니에게도 쌈짓돈 충전할 시간을 줘야 해요. 닭이 날마다 알을 낳을 수는 없지 않겠어요?

‘가만. 닭은 날마다 알을 낳잖아.’

떠오른 그 생각은 할머니의 돈주머니로 시선이 향하게 만들었어요. 상어의 출현을 알리는 수면 위의 지느러미, 한때는 할머니의 돈주머니를 보며 그런 생각을 했었죠. 그렇지만 이제는 내 통장의 배를 두둑하게 불려 줄 보물상자처럼 여겨졌어요.

‘보물섬에 첫 발을 디딜 때야.’

새벽, 할머니의 숨소리가 장난감 총 쏘는 것처럼 피슝피슝 들렸어요. 나는 은밀히 눈을 뜨고 살금살금 다가가 할머니의 돈주머니에 손을 뻗었어요. 돈주머니 지퍼를 여는데, 반갑지 않은 소리가 났어요.

"지지직……. 찍찍."

지퍼 여는 소리가 꼭 생쥐 우는 소리처럼 들렸어요. 할머니보다 형이 깰까 봐 걱정됐어요. 조심조심해서 돈주머니를 열고 손을 집어넣었는데……,

'웬 왕개떡?'

돈뭉치가 잡히는 거예요. 희미한 달빛에 비춰 보니 푸른빛의 돈뭉치였어요. 이건 백만 원도 더 될 것 같아요. 팔이 후들거렸어요. 전문적인 은행털이범도 이보다 많은 돈을 훔칠 수 있을 것 같진 않았어요.

'지지직.'

돈뭉치를 그대로 두고 지퍼를 잠갔어요. 기분 좋다기보다는 죽을 것 같았거든요. 이건 푼돈이 아니에요. 돈주머니 안의 돈은 아빠의 장사 밑천이 확실하거든요. 하마터면 근본을 상실한 도둑놈이 될 뻔했네요.

'휴.'

식은땀을 훔치는데, 할머니의 물방울 바지가 손에 걸렸어요. 돈주머니 끌다가 같이 끌려 왔나 봐요. 제자리에 두려는데, 할머니 물방울 바지에서……,

바작바작-.

예리한 전문가의 식견으로 볼 때 이건 돈 소리가 분명해요. 신권의 돈을 접을 때 나는 소리와 똑같았죠. 나의 손목쟁이는 할머니의 물방울 바지를 공략했어요.

'꼴깍.'

침이 목구멍을 타고 넘어갔어요. 침 삼키는 소리가 세상에서 가장 큰 소리처럼 들렸죠. 문득, 도둑질은 재미난 일이 아닐까라는 생각이 들어요. 긴장감 넘치고 짜릿한…….

바작바작-.

바작거리는 그것을 알 까먹듯 손에 넣었어요. 희읍스름한 달빛에 비춰 보니……,

'오호라 쾌재로다.'

빨간 돈, 푸른 돈이 쌈쌈이 겹쳐 있었어요. 이거면 내 통장을 배불리 먹일 수 있을 거예요. 근데, 이상하죠? 할머니 돈에 손을 대는 것은 왜 도둑질이라는 생각이 들지 않는 걸까나.

"이상하다?"

다음 날, 할머니는 가게 나갈 시간이 한참 지났는데도 자리에 앉아 구시렁거리셨어요.

'오늘은 주말을 챙기시려나?'

항상 아빠는 주말도 없이 일하셨기 때문에 돈 관리하는 할머니도 아빠 가게로 나가셨거든요. 여느 때와 다르게 행동하는 할머니를 보며 엄마가 물었어요.

"왜요, 엄니?"

"내가 요즘 통 정신이 없다."

"뭐, 잃어버리셨어요?"

엄마의 말이 내 염통을 뜨끔 찌르는 것 같아요.

"글쎄, 내가 요즘 정신이 없다."

할머니는 똑같은 말을 주절거리며 손바닥으로 머리를 연신 감쌌어요. 그러더니……,

"나가 봐야겠다."

할머니의 뒷모습이 왠지 허전했어요. 무언가 빠진 것 같은데……,

'머릿기름.'

할머니는 머릿기름도 안 바르고 외출하셨어요. 그런 일은 정말이지 생전 처음 있는 일이에요.

그날 오후, 주말이라 열지도 않은 은행 앞에서 한참을 서성였어요. 빨리 통장에 돈을 집어넣고 싶어서요.

"열려라 참깨, 열려라 은행 문."

은행 앞 벤치에 앉아 이런저런 생각을 했어요. 짝꿍 선미의 얼굴도 떠올라요. 그 애와 함께 좋아하는 노래를 부르며 그림을 그리고, 시를 지었던 생각이 나요. 참, 언젠가는 내가 각설이타령을 흥얼거릴 때 그 애가 까르르 웃음을 터트리던 일이 기억나요. 각설이타령에 대해 연구해 봐야겠어요.

'아차, 오락실.'

오락실도 내 마음을 채우는 무엇이 있어요. 다만 '간통스러운' 게 문제죠. 그래도 내 마음을 채울 수 있는 다른 가능성을 발견한 게 기분 좋아요. 세상은 무한한 가능성으로 가득한 곳 아닐까요? 난 처음으로 살아 있음에, 그리고 살아가고 있음에 감사했어요. 이 말을 나의 인생사전에 넣어야겠어요.

「찾으려고만 하면 세상엔 천국 천지야.」

여기서 똥마려운 강아지처럼 끙끙댈 게 아니라 좋아하는 짜장면 먹으러 가야겠어요. 그것도 곱빼기로 말이죠.

'룰루랄라~.'

휘파람 불며 신수동 유명한 중국음식집, 천리장성으로 가는 길에 맘보빵집이 눈에 띄네요. 빵집 아저씨가 갓 구운 소보로 빵을 수북이 쌓아 올리고 있어요. 덮개 같은 소보로 앙꼬가 빵 위에서 바삭거린다니……. 그때, 귀에 익은 누군가의 목소리가 들렸어요.

"소보로빵 주세요."

아, 꿈에도 그리던 짝꿍 선미의 목소리……. 엄마와 함께 장 보러 나왔다가 나처럼 소보로빵에 눈길이 끌렸나 봐요. 그녀가 나를 알아봤어요.

"어머? 세호야!"

내 이름은 꽃이 되었어요. 단숨에 곱빼기 짜장면 열 그릇은 먹은 것 같다니!

"누구니?"

선미 엄마의 물음에 미소를 머금으며 그 아이가 답했어요.

"학급 짝꿍이야."

"네가 우리 선미 짝이구나."

그 순간, 선미 엄마가 '네가 우리 집 사위구나!'라고 말하는 것 같았어요. 심장이 두근거리고 이마에 식은땀이 흘렀죠. 미래의 장모님을 이렇게 대하다니…….

"너도 빵 사러 왔니?"

애석하게도 말더듬이 도졌어요.

"아…… 아니요."

그 순간, 두 모녀의 시선이 낯설게 느껴졌어요. 꼭 사위로서 자격이 있는지 없는지 시험하는 것 같았죠.

"제…… 제 말은 짝이 바뀌어서 지금은 아니에요."

'도대체 무슨 말을 하는 건지.' 혀가 주인 바람을 무시하고 제멋대로 움직이네요. 푸근한 인상의 맘보 빵집 아저씨가 물었어요.

"얼마나 드릴까요?"

한숨 돌리며 이마에 맺힌 땀을 훔치는데, 선미가 말을 붙였

어요.

"빵 먹을래?"

"으응……."

선미가 건네준 소보로빵을 밑도 끝도 없이 아귀처럼 덥석 물었어요.

"그렇게 먹으면 입천장 다쳐."

이 아인 말도 어쩌면 그리 예쁘게 할까요? 우리 누나 같으면 '입천장 까져'라고 했을 텐데…….

"소보로 빵은 거꾸로 먹어야 해."

"거꾸로?"

"뒤집어서……. 그래야 까끄름한 빵껍질로부터 입천장을 보호할 수 있어."

선미 말대로 소보로 빵을 뒤집어 먹었어요. 살짝 탄 까끄름한 소보로 껍질 부분이 혀에 닿으며 단맛이 느껴져요. 아작아작 씹히는 식감도 참 좋다니…….

"음머……."

난 아무 말 없이 그저 빵만 우걱우걱 씹어 먹었어요. 여물 씹어 대던 외양간 시골 소의 모습과 다를 바 없었죠.

"선미야, 갈까?"

빵집 아저씨와 흥정을 마친 선미 엄마가 말했어요. 선미는 내게 빵 하나를 더 건넸어요.

"여기, 더 먹어."

당최. 얻어먹기만 하면 안 돼.

"저기……."

선미는 눈을 동그랗게 하고 나를 쳐다봤어요.

"응, 왜?"

"짜…… 짜장면 좋아해?"

"그럼."

함박미소를 짓는 선미를 보니 용기가 솟아요.

"같이 먹으러 갈까? 짜장면……."

"좋아. 엄마, 그래도 되지?"

"그러려무나."

선미는 내 손을 꼭 잡았어요. 내 마음은 솜사탕 위에 두둥실 떠올라요. 그 순간, 이 세상 어느 누구도 나보다 행복할 순 없을 거예요. 그런데 코앞에 선미가 눈을 끔벅여요.

"왜 그래?"

머릿속에 그린 이상은 이것인데, 나는 아무 말소리도 내지 못했어요. 선미를 불러 놓고 그저…….

"저…… 저기 말이야. 저……"

내 목소리는 가여운 곤충의 날갯짓처럼 허공을 맴돌 뿐이었어요. 혀가 주인 바람을 무시하고 얼어붙었다니……. 선미가 방긋 웃으며 말했어요.

"학교에서 봐."

말더듬이를 위한 그녀의 친절이 도리어 넘을 수 없는 벽처럼 느껴졌어요. 결코 이렇게 말하고 싶진 않은데…….

"안…… 안녕."

그 말을 하며 헤어졌어요. 짜장면 먹고 싶은 마음은 동구밖으로 사라지고, 집으로 돌아가는 길이 천릿길처럼 멀게 느껴졌다니…….

「짜장면 좋아해?」

그 말이면 되는데……. 터벅터벅 발걸음을 옮기는데, 품안에 소보로빵이 느껴졌어요.

'소보로빵은 거꾸로. 그리고 첫사랑은…….'

“할머니가 돌아가셨다”

집에 돌아오신 할머니의 안색이 무척이나 파리했어요. 저녁을 드시다 말고 말씀하셨어요.

“큰집에 가 봐야겠다.”

“네?”

우리 식구 모두 자신의 귀를 의심했어요. 큰집에 계실 때 작은집에 가야겠다고 말씀은 하셨어도, 작은집에 있을 때 큰집에 가야겠다는 말은 여태껏 한 번도 해 보신 적도 하실 법한 말도 아니었거든요.

“큰집에 갈란다.”

할머니는 똑같은 말을 반복하고는 밥을 반 공기나 남긴 채 일어나셨어요. 할머니가 밥을 남기신 것도 처음이에요. 밥 알갱이 하나 남기시지 않던 분인데…….

'몇 탕 더 털어야 하는데…….'

이제야 할머니의 진가를 알게 된 나는 아쉬웠어요. 할머니는 내게 황금알을 낳는 거위와 다름없는데……. 자려는데 오줌이 마려웠어요. 요강사건 이후로 나는 요강은 손에 대지도 않았어요. 마당에 나가 오줌발을 갈기면 시원한데……,

'쉬익-.'

끊긴 오줌발을 보며 생각이 떠올랐어요.

'마지막으로 크게 한탕 털어?'

잠자리로 돌아와 할머니를 보았어요.

'이상타.'

희미한 달빛에 비친 할머니의 낯빛이 묘연했어요. 마치 이 세상사람 같지 않았어요. 나는 박진감 넘치는 도둑놀이를 이제 그만두어야 할 때라는 것을 직감했어요. 할머니에게 더 이상 개떡이라고 말하지 않아도 될 것 같아요. 늘 할머니에게 빼앗겼지만, 이제는 내가 할머니 것을 빼앗아요. 나는 영악해졌고, 고민이나 갈등 앞에 단단해졌어요.

「네 안의 늑대는 멀리 하고, 네 안의 여우와 친해져라.」

언제부턴가 그 말을 만들어 인생사전에 넣고 있었어요.

"할머니가 돌아가셨다."

아빠가 굳게 다문 입으로 말했어요. 큰집으로 가신 할머니는 얼마 지나지 않아 돌아가셨어요. 공교롭게도 할머니는 내 생일 바로 전날 운명하셨지요. 집안의 큰일 앞에 막내생일은 묻혔다니…….

'슬퍼해야 할까?'

할머니의 영정사진 앞에 아무런 감정도 느끼지 못했어요. 그저 길을 걷다 낯선 타인이 스쳐 지나갔다는 생각이 들어요. 할머니와 함께했던 십수 년의 세월이 한순간처럼 여겨져요. 조문객이 어찌나 많았는지 칠일장을 치러야 했대요. 엄마 말로는, 사돈의 팔촌까지도 장례식에서 봤대요.

"할머니한테 가자."

한식을 맞이해 아빠 손에 이끌려 할머니 무덤 앞에 섰어요.

"뭐해? 할머니한테 절 올리지 않고."

아빠가 말했지만, 난 그저 먼 데 하늘을 바라봤어요. 지렁이 구름이 기어가듯 흘러가네요. 할머니에게 내 마음을 표현했다면 숯불통닭 닭다리 하나 뜯어 주었을까요? 김말이 센베이과자 하나 건네주었을까요?

"그려, 하나 줄게."

그래도 충분치 않아요. 할머니는 여전히 아빠의 관심과 사랑을 독차지했을 거예요.

"아녀. 이건 너 줄 수 없어."

할머니가 그렇게 말하면 이렇게 답할 거예요.

"내 마음을 할머니에게 줄 수 없어요."

가족이라는 핑계로, 혹은 전통이나 명예라는 이름으로 아닌 것을 애써 꾸역꾸역 옳다며 끌어안을 필요는 없지 않을까요? 주어지는 숙명처럼 이해할 수 없는 것은 그저 흘려보내는 것이 최고의 선택일 때가 있어요. 우리가 체념이라 말하는 것이죠.

'파르르.'

할머니 무덤 앞에 세워진 비석지붕 위에 고추잠자리가 앉았어요. 할머니를 이해할 수 없어요. 나 아닌, 보다 훌륭한 나를 불러내어 그분을 애써 이해하고 싶지도 않아요. 어려운 한자로 거창한 묘비명이 새겨져 있었지만, 할머니의 묘비명을 이렇게 읽었어요.

「할머니 맞아?」

난 할머니를 체념했어요. 그렇지만 아빠는 포기하면 안 되었어요.

"아빠, 나 미워?"

"아니, 왜?"

"그럼, 나한테 왜 그래요?"

아들로서 느끼는 결핍과 할머니와 비교해 당하는 소외감에 대해 말했어요. 체념할 것과 포기할 것의 차이는 천국과 지옥처럼 아주 커다란 차이가 있어요. 할머니는 이미 돌아가신 분이고, 아빠와는 적어도 반평생의 삶을 함께해야 해요.

"뭣이여?"

때로 천국의 문을 두드리는데, 지옥의 사자가 문을 열고 나타날 수 있어요.

"삼시세끼 꼬박꼬박 밥 주고, 입혀 주고, 재워 주는데, 아빠한테 그게 무슨 말버릇이여?"

포기하지 말아야 할 대상에게서 무지와 폭력을 발견하게 된다면, 어떻게 해야 할까요? 난 소리쳤어요.

"아빠 때문에 힘들어. 난 한 번도 아빠의 사랑을 받아 본 적 없어."

"뭐……, 뭣이여?"

아빠의 눈동자가 흔들렸어요. 아빠가 믿었던 세계에 흠집 낼 생각은 없어요. 단지 내가 느끼는 아빠에 대해 말했을 뿐이에요. 그날 저녁, 벌초하고 돌아오는 길 내내 아빠는 말 한마디 하지 않았어요.

"널 좋아해."

할머니를 무덤덤하게 보냈던 것처럼 짝꿍 선미도 무덤덤하게 보냈어요. 거울을 들여다보며 그 말을 무던히도 연습했지만, 결국 입도 뻥긋하지 못했죠.

"안녕!"

난 선미에게 아무것도 하지 않았어요. 기껏 꺼낸다는 말도 '안녕'뿐……. 그저 바라보고 좋아했을 뿐, 솔직한 감정 표현, 좋아한다는 고백도 하지 못했어요. 가는 시간, 다른 공간은 그녀와 나를 떼어 놓았어요. 좋아한다는 말 한마디면 많은 것을 극복했을 텐데, 왜 바보같이 우두커니 있었을까요?

'안녕, 첫사랑!'

첫사랑은 표현하지 못해 잃어버린 마음이에요.

아빠의 손톱깎이

할머니가 돌아가신 후, 우리 가족은 평화를 누렸어요. 집안을 감돌던 숨 막히는 침묵은 가끔, 하루가 멀다며 찾아오던 친척들도 가끔, 나만 짝꿍 선미 때문에, 그리고 다음 날까지 가져가야 할 체변봉투 때문에 전전긍긍했어요.

"엄만 괜찮아."

엄마는 건강을 되찾았어요. 대신, 엄마는 화를 참지 못했어요. 그럴 때면 꼭 '손목쟁이'와 '배창새기'를 찾았어요. 그건 아마도 엄마 마음속의 뾰족한 돌멩이를 꺼내는 데 도움이 되는 것 같아요. 아빠는 담배도 끊고 인사불성 될 정도로 고주망태가 되는 술버릇도 고쳤어요. 유리파편처럼 흩어져 있던 우리 가족은 틈틈이 모여 맛난 것을 서로 나눠 먹으며 미소 짓기 시작했어요. 저녁상을 물리고 엄마와 이러쿵저러쿵 얘기도 나눴어요.

"엄마는 좋았던 적 없어?"

"좋아할 틈도 없었어."

엄마는 잠시 묵새기다 답했어요.

"내 새끼들 보면 좋지."

아, 글쎄. 방정환 선생님이 '어린이'라는 어여쁜 말을 만들었다니……. 그날은 형과 누나가 집에 없었어요. 어디 수학여행이라도 갔었던 것일까요? 나는 엄마가 그 시절의 옛날이야기를 꺼내려 하는 시점이라는 것을 눈치챘어요. 하도 들어서 이제 좀 질려 있었죠. 딱 손톱깎이를 동원해야 할 시점이에요.

'딱딱…….'

손톱깎이를 집어 들며 각설이타령을 흥얼거렸어요.

"얼씨구씨구 드러간다. 저얼씨구씨구 드러간다~.♬"

선미를 즐겁게 했던 각설이타령에 대해 연구해 본 결과, 각설이는 본디 함흥차사 자제였대요. 풍진세상을 만나 돈 한 푼에 팔려서 각설이로 나섰다네요.

'딱·딱·딱!'

각설이타령과 함께 손발톱은 잘도 깎여 나갔답니다. 여기서 잠깐, 이 일화의 결말을 미리 말할게요. 나는 손톱을 깎지 말았어야 했어요. 아빠는 내 마음을 몽땅하게 깎아 낸 것처럼, 짧은 손톱을 깎으려다 기어이 살점을 깎아 버리고 말았거든요. 깎여 나간 살점 새로 피가 콸콸 쏟아졌어요. 결말을 왜 미리 말하냐고요? 아빠 때문에 그래요.

"아빠다."

아빠가 술에 잔뜩 취했어요. 목소리만 들어도 알아요. 동네방네 떠나갈 듯 '아빠다, 아빠가 왔다'라고 소리 지르는 걸 보면 거의 말술을 드셨을 걸.

쾅-.

아빠는 집 대문을 박차고 들어와 나를 불렀어요.

"우리 막둥이 어딨셔?"

"여기 있는데, 왜?"

아빠가 술에 취하면 말을 아주 짧게 해야 해요. 그래야 뺨 비비기를 당해도 심하지 않고, 빨리 아빠를 재울 수 있어요. 말하자면, 난 그리 호락호락하지 않다는 걸 알리기 위한 기선 제압이라고 할 수 있죠.

"으이그, 우리 막둥이."

아빠는 뺨 비비기 대신 이마 비비기를 시도했어요. 까끌까끌한 턱수염보다는 사정이 나았지만, 아빠의 술 냄새는 여전히 참아 내기 힘드네요.

"엄마."

적절한 시점에서 지원군을 요청해야 해요. 너무 빨라도 안 돼요. 빰이든 이마든 적당히 아빠와 상대해야 전쟁 같은 이 실랑이가 길어지는 것을 막을 수 있어요.

"여보, 씻어요."

아빠의 술주정을 대하는 엄마만의 전략도 있어요. 씻으라며 아빠의 옷을 벗기면 아빠는 허허 헛웃음을 터트리고는 방으로 들어가시죠. 엄마가 옷을 벗기는데도 안 들어가면 숨겨 놓은 필살기가 있어요. 바로 누나죠. 어느덧 과년한 나이가 된 누나가 얼굴을 내밀면 아빠는 방에 안 들어간다 고집부리시다가도 순순히 들어가시거든요.

"형은 들어가."

이럴 때, 형은 보이면 안 돼요. 형은 그저 쥐죽은 듯 공부하는 체해야 해요. 자다가도 펄떡 일어나 공부하는 척해야 해요. 어찌 되었든 오늘은 누나와 형이 없으니 속전속결의 전략으로 끝내야 할 필요가 있어요.

"아빠, 술 냄새 지독해."

"고래?"

"아빠, 나 오늘 빨리 자야 해. 공부를 많이 해서 그런지 피곤해."

"고래?"

바로, 아빠 무안주기 전략. 내가 아빠한테 무안주먹을 팍팍 꽂아 넣으면 아빠는 그때마다 '고래잡이'는 잘못된 것이라는 것을 알리려는 것처럼 말꼬리를 내렸어요.

'찡긋찡긋.'

엄마의 윙크가 모든 게 순조롭다는 것을 말하는 것 같았죠. 그런데 아빠가……,

"우리 막둥이!"

하며 나를 와락 안았어요. 이것은 수순에도 없고 예정에도 없는 일인데……, 껴안은 채로 아빠가 속삭였어요.

"아빠가 미안해!"

"왜? 뭐가?"

고주망태 아빠한테 질문을 하는 건 금기인데……. 나도 모르게 그 말을 해 놓고는 아차 싶었죠.

"우리 아들들한테 해 준 게 없어."

딸을 빼놓으시면 따님인 누나가 섭섭하지요. 아빠는 속삭이듯 또 말했어요.

"아빠가 미안해!"

아빠, 미안하다며 왜 빈손인가요? 숯불통닭이나 센베이는 안 바라요. 그래도 이건 아니잖아요.

'더 많이 노력해야겠어요, 아빠.'

내 시선이 아빠의 빈손을 추궁해서인지 아빠는 내 손을 덥

석 잡았어요. 그러고는 기다란 맛조개를 손질하듯이 내 손가락을 어루만지셨죠. 그러더니 대뜸……,

"아빠가 손톱 깎아 줄게."

내 손톱은 길지 않아요. 손톱 밑에 때가 꼬장꼬장 끼여 있는 것도 아니에요. 바로 앞전에 엄마 보는 앞에서 깎고 다듬었거든요.

"싫어. 금방 깎았어."

이런, 영리하지 못하게 금기의 말을 또 해 버렸네. 아빠한테 '싫다'는 말을 하면 절대 안 돼요. 우려했던 반응이 바로 나타나네요.

"이놈시키. 아빠가 해 준다는데, 싫어? 여보, 손톱깎이 어딧셔?"

"금방 깎았다고, 싫어."

이키, 영리하지 못하게시리…….

"일루와."

"싫다니."

아빠를 피해 달아났어요.

"여보, 손톱깎이."

배시시 웃으며 손톱깎이를 찾아주는 엄마가 미웠어요.

"일루와, 아빠가 깎아 줄게."

"방금 깎았다니……."

“남들은 자식 발도 씻겨 준다는데, 아빠가 우리 아들한테 해 준 게 없어.”

그때 잠깐 정신 차리고 ‘그럼 발 씻 겨줘’라고 말했으면 어땠을까나? 쩝.

“일루와.”

손톱깎이를 들고 쫓아오는 아빠가 무서웠어요.

“싫어.”

아빠가 들고 있는 손톱깎이는 꼭 커다란 낫처럼 보였어요.

“일루와. 아빠가 깎아 줄게.”

“싫어.”

겁에 질린 나는 다락방으로 도망갔어요.

“일루와.”

“아빠, 저리 가.”

아빠는, 이런 표현이 어떨까 싶긴 하지만, 마치 좀비처럼 나를 쫓았어요. 비틀거리며 다락방 계단에 발을 들이는 아빠의 모습이 기괴했죠. 계단에 올라선 아빠는 손톱깎이를 낫처럼 휘두르며 말했어요.

“내 새끼, 우리 막둥이…….”

구석에 몰린 나는 소리쳤어요.

“저리 가라니.”

다락방 창문을 열고 밑을 내려다봤어요. 뛰어내리기에는

아찔한 높이였어요. 조그만 손톱 아끼려다가 성한 다리를 희생할 필요는 없겠죠. 사람 잡은 술래처럼 아빠가 외쳤어요.

"잡았다. 이눔의 막·뚱·이."

아빠, 제발…….

「뜬금없이 손톱 깎아 준다 하지 말고, 나 원하는 것을 해 주세요.」

"호호호."

엄마는 뭐가 그리 즐거운지 다락방으로 따라 올라오며 웃었어요.

"여보, 이제 그만하고 방으로 가요."

엄마 말에 고분고분 따르면 좋을 텐데, 손톱깎이를 까딱이며 아빠가 답했어요.

"가만있어 봐. 내가 막둥이한테 뭔가 해 주고 싶어 그래."

그 틈을 노려 내가 말했어요.

"아빤 이미 많이 해 줬어요."

"아빠가 뭘?"

아빠의 되물음에 딱히 대꾸할 말이 생각나지 않아요. 혹시 개떡? 알면 알수록 매력 있다니…….

철갑똥파리

“똥은 먹고 다니니?”

오늘도 철갑똥파리는 동산에 올라 하늘을 우러러보며 노래를 불렀다.

“남산 위에 저 소나무 철갑을 두른 듯~, 바람 소리 불편함(바람 서리 불변함)은 우리 기상일세.♪”

노래가 끝나기도 전에 혹등똥파리가 밥풀 달라붙듯 땅에 찰싹 내려앉았다. 등갑에 코딱지만 한 혹이 붙어 있는 혹등똥파리는 가는 콧소리를 섞어 말했다.

“철갑아! 우리 똥 먹으러 가자.”

철갑똥파리는 촐랑대는 혹등똥파리가 마뜩잖았다.

“에이, 한창 노래 잘 부르고 있는데 무슨 똥 타령이냐?”

혹등똥파리는 눈알을 둥그렇게 굴리며 변명하듯 말했다.

"사향노루가 방금 따끈따끈한 똥을 쌌어. 다른 똥파리들이 몰려들기 전에 어서 가자."

철갑똥파리는 대뜸 소리를 질렀다.

"그런 건 너나 먹어."

성질 더러운 똥파리를 피해 갈 만도 한데, 혹등똥파리는 상냥한 말투로 물었다.

"그럼, 집시나비가 번데기에서 깨어나는 거 보러 갈래?"

"흥, 집시나비가 껍데기를 벗든 말든 그게 나랑 무슨 상관이람."

"같이 보러 가자. 알록달록 예쁜 날개가 마치 꽃을 피운 것 같을 거야."

"싫어."

핼쑥해진 철갑똥파리의 민낯을 살피며 혹등똥파리가 물었다.

"너, 요즘 왜 그래? 똥은 먹고 다니니?"

"그 따위 걸 내가 왜 먹어? 방해하지 말고 저리 가."

앞발을 바르르 떨며 역정 내는 철갑똥파리를 보며 혹등똥파리는 아래더듬이를 삐죽였다.

"흥. 자기는 뭐 똥파리 아닌가?"

"뭐?"

일그러진 철갑똥파리의 눈동자를 한동안 쳐다보며 혹등똥파리는 입을 열었다.

"우린 똥파리야! 그게 싫다면 넌 대체 뭐야?"

혹등똥파리는 궁둥이를 들입다 내보이며 하늘로 날아올랐다. 자기 몸의 절반 이상을 차지하는 혹등똥파리의 커다란 궁둥이를 쳐다보며 철갑똥파리는 더듬이를 이죽거렸다.

"괜히 날아와서는……."

한참을 날아가는데도 혹등똥파리의 궁둥이가 하늘 위에서 붕붕거렸다. 그 모양을 보고 있자니 다른 이의 모습이 떠올랐다. 바로 꽃을 닮은 꽃가루미소 꿀벌…….

꽃잎 위에서 얼쩡거리는 자기를 보며 꽃가루미소 꿀벌이 말했었다.

"어머? 너, 참 멋있다."

철갑똥파리는 '멋있다'는 소리를 그때 난생처음 들었다. 누군가 건성으로 색칠한 듯한 연노랑색 울퉁불퉁한 등갑 하며, 삐죽 빼죽한 더듬이, 뭉툭하게 쌈지 자로 갈라진 돼지 콧날이 자신이 보기에도 촌스럽고 못생겼다고 생각했다.

"저…… 정말?"

"응. 너처럼 멋있는 파리는 첨 봐."

아마도 꿀벌은 제가 아주 예쁜 탓에 세상만사가 마냥 예뻐 보이나 보다. 아니면, 눈알 한쪽이 허방에 빠져 제대로 실세 파악을 못 하는 걸 수도 있다. 꿀벌은 앙증맞은 궁둥이를 연신 붕붕거리며 물었다.

"넌 무엇을 먹어?"

순간, 철갑똥파리는 당황했다. 기껏 멋있다는 소리를 들었는데, 똥을 먹는다고 하면 꿀벌이 얼마나 우습게 생각할까. 철갑똥파리는 꿀벌의 뒷다리에 주렁주렁 매달린 꽃가루를 곁눈질로 살피며 말했다.

"그야, 꿀을 먹고 살지."

꿀벌은 깜짝 놀랐다.

"정말?"

철갑똥파리는 아차 싶었지만, 이미 뱉어 놓은 말을 무를 수가 없었다. 꿀벌은 반가운 기색으로 대뜸 철갑똥파리의 앞다리를 잡았다.

"어머? 파리가 우리처럼 꿀을 먹는 줄은 몰랐어. 그럼, 너도 꿀을 만들 줄 알아?"

"그…… 그야 물론이지."

그 말을 하며 철갑똥파리는 만약 거짓말한테 꼬리가 있다면 참 길 것으로 생각했다. 꿀벌은 콩알만 하게 벌어진 입을 다물지 못하며 물었다.

"어머, 놀랐다. 그럼, 내가 가진 꿀을 조금 먹어 볼 테야?"

"꿀이 있어?"

"그럼."

꿀벌은 입안에서 무언가를 게워 내기 시작했다. 꿀벌의 입에서 나온 것은 황금색으로 빛나는 꿀이었다.

"우리는 항상 얼마만큼의 꿀을 몸속에 지니고 다녀."

꿀벌은 자랑스러운 듯 게워 낸 꿀을 철갑똥파리에게 건넸다. 철갑똥파리는 잠시 주저하다 꿀을 맛보았다.

"어…… 이건?"

철갑똥파리는 두 눈을 동그랗게 떴다. 더듬이 끝에 닿는 꿀의 향내만으로도 두 날개가 절로 붕붕거려졌다.

"맛있다. 그야말로 꿀맛이야."

"호호호, 꿀을 처음 먹어 보는 것처럼 그러네?"

곰살궂게 웃는 꿀벌의 미소가 꿀보다 더욱 달아 보였다. 철갑똥파리는 깔축없이 꿀을 먹고 나서 말했다.

"너의 일을 내가 좀 도와줄게."

"괜찮아."

"아냐. 받은 만큼 돌려주는 게 우리 똥파리계의 법칙이야."

"똥파리?"

"아…… 아니, 우리 같은 등갑파리."

철갑똥파리는 객쩍게 얼버무리고는 꿀벌을 도와 꽃물과 꽃가루를 모았다. 한번은 꿀벌이 하는 식으로 꽃물을 빨다가

꽃망울 속에서 꿀벌과 더듬이가 맞닿고 말았다. 꿀벌은 수줍어하며 얼굴을 붉혔다. 꽃가루로 분칠한 것처럼 꿀벌의 얼굴이 곱디고왔다.

'넌 참, 꽃 같구나.'

철갑똥파리의 생각을 알아챘는지 꿀벌이 꽃가루미소를 보냈다. 그 모습이 어찌나 예쁘고 사랑스러운지 꿀벌이 입을 벙긋거리며 뭐라고 말을 하는데, 하나도 귀에 들어오지 않았다.

"혹시 아는 노래 없어?"

철갑똥파리는 세수하는 시늉을 하며 자기가 흘려들은 말이 무엇인지 물었다.

"응? 뭐라고?"

"아는 노래 없느냐고?"

"노래는 왜?"

"일하다 부르게, 네가 아는 노래 가르쳐 줘."

철갑똥파리는 뒷동산 너머 초등학교에서 곧잘 흘러나오던 노래를 생각해 냈다.

"잘 듣고 따라해 봐."

막상 부르려는데, 노랫말 1절이 생각나지 않았다. 철갑똥파리는 내키는 대로 2절부터 불렀다.

"남산 위에 저 소나무 철갑을 두른 듯♪ 바람 소리 불편함은~."

"어머, 참 좋다."

"자, 따라해 봐. 바람 소리 불편함은 우리 기상일세.♪"

그때였다. 어디선가 말벌 한 마리가 소나기처럼 날아들어 다짜고짜 꿀벌에게 소리쳤다.

"꿀 내놔."

꿀벌은 몸을 바들바들 떨었다.

"없어요."

난데없이 날아온 말벌은 눈알을 부라리며 소리쳤다.

"어디서 거짓부리야? 벌은 몸에 꿀을 넣어서 다닌다는 것쯤 내가 모를 줄 알아?"

"어…… 없어요."

말벌은 주먹 쥔 앞발을 허공에 휘두르며 위협했다.

"좋게 말할 때 꿀 내놔."

철갑똥파리는 울퉁불퉁한 등갑을 부르르 떨며 나섰다.

"없으니 저리 가."

말벌은 아래턱으로 무언가를 잘근잘근 씹는 시늉을 하며 비아냥거렸다.

"이건 또 뭐야? 어디서 듣도 보도 못한 똥파리가 끼어들어서는……, 저리 비키지 못해?"

철갑똥파리는 물러서지 않고 맞섰다.

"좋은 말로 할 때 그만두는 게 좋을 거다."

"내 참 어이가 없어서……. 구린 똥파리한테서 별소릴 다 듣네."

말벌은 무작정 주먹을 휘둘러 댔다. 철갑똥파리는 말벌의 주먹질을 등갑으로 막았다. 그러고는 말벌의 아랫배를 겨누어 물총 쏘듯 똥을 쌌다.

"엇? 똥 묻었다. 아, 더러워."

똥 묻은 말벌은 어찌할 바를 몰라 하며 파닥파닥 뛰었다. 말벌은 위턱을 부들부들 떨며 말했다.

"똥을 무서워서 피하지, 더러워서 피하냐?"

그러고는 침을 탁 뱉고는 눈 깜짝할 사이에 사라졌다. 꿀벌이 안도의 숨을 쉬며 다가왔다.

"괜찮아?"

철갑똥파리는 끄떡없다는 듯 날갯죽지를 대자로 쫙 펴며 말했다.

"뭐, 이 정도 쯤이야."

"와, 말벌 주먹에 맞고도 멀쩡하네."

꿀벌은 돌배처럼 단단한 철갑똥파리의 등갑을 쓰다듬으며 연신 감탄했다.

"대단하다. 방패처럼 튼튼하잖아?"

연노랑 등갑이 햇빛을 받아 유백색으로 반짝였다. 철갑똥파리는 울퉁불퉁한 등갑을 으스대며 말했다.

"그야 철갑을 둘렀으니까."

생기에 찬 꿀벌의 눈망울이 반짝 빛났다.

"이제부터 넌 철갑똥파리……, 아니 철갑등파리야."

철갑똥파리는 토라져 꿀벌에게서 등을 돌렸다. 꽃가루미소 꿀벌은 철갑똥파리의 날개를 보듬었다.

"미안. 그래도 넌 등갑파리 맞잖아."

"아니야."

"……?"

철갑똥파리는 꿀벌을 마주보며 고백했다.

"나…… 똥파리 맞아."

"그럴 리가? 넌 꿀도 만들 줄 알잖아?"

"다 거짓말이야. 네 덕에 꿀도 생전 처음 먹어 봤어. 난 거짓말쟁이 똥파리야."

풀죽은 철갑똥파리의 옆모습을 바라보며 꿀벌은 달래는 듯한 말투로 말했다.

"너 들었어? 말벌이 똥이 무서워서 피한다고 했던 말?"

"더러워서 피한다고 했겠지."

"아니야. 분명히 그랬어. 말벌이 위턱을 부들부들 떨고는 무섭다며 꼬랑지 내리고 도망치던데?"

철갑똥파리는 궁둥이를 다듬으며 말했다.

"그게 뭐래도 말벌이 홧김에 말실수한 거겠지."

"아니야. 말벌은 너를 무서워해. 단단한 너의 등갑과 용기가 무시무시한 말벌을 물리쳤어."

꿀벌은 좋은 생각이 난 듯 철갑똥파리의 앞발을 잡으며 말했다.

"꿀을 더 먹고 싶으면 우리 집으로 안내할게."

철갑똥파리는 망설였다.

"지금?"

"왜? 곤란해?"

"아…… 아니, 그래도 벌집에는 너의 친구 벌들이 많이 있을 거 아냐?"

"친구 벌? 호호호……."

쓴웃음을 짓는 꿀벌을 바라보며 철갑똥파리는 의아해했다.

"왜?"

"그 많은 벌이 모두 내 친구면 세상에 둘도 없는 부자게?"

철갑똥파리는 고개를 갸우뚱거리며 물었다.

"너희는 모두 한 집에서 같이 살지 않니?"

"그냥 동료일 뿐이야. 모두 일하기 바쁜 동료들……."

"동료라도 많으면 좋은 거 아니야?"

"그 친구들은 내게 관심 없어. 내가 무얼 하든 신경도 쓰지 않고 오로지 꽃물과 꽃가루를 모으는 일에만 몰두하지. 그 많은 벌 중에 마음을 터놓고 얘기 나눌 만한 친구가 하나도 없다는 건 더 슬픈 일인 거야."

꿀벌은 활기를 잃고 이내 시무룩해졌다. 철갑똥파리는 꿀벌에게서 눈을 뗄 줄 몰랐다.

"그런데 아까부터 왜 내 얼굴을 그렇게 뚫어지게 쳐다보는 거야?"

철갑똥파리는 더는 말을 잇지 못하고 얼굴을 붉혔다. 아무래도 꿀벌의 얼굴에 맛난 꿀을 발라 놓은 것 같다. 그때 한 무리의 벌떼가 꽃밭에 몰려 왔다. 수많은 벌이 공중에서 붕붕거리며 고공수다를 벌였다.

"어머머머? 쟤는 일은 하지 않고 저기서 뭐하는 거래?"

"어디 갔나 했더니만 여기서 파리랑 연애질이었네?"

그중에서도 대장으로 보이는 몸집 큰 벌 한 마리가 꿀벌을 향해 소리쳤다.

"꿀벌 109호. 여기서 뭐해? 꽃밭이 있으면 알려야지."

이름에 '109호'라는 슬픈 일련번호가 들어간 꿀벌은 아무 대꾸도 못하고 대장 벌 앞으로 끌려갔다. 처량하게 끌려가는 꿀벌의 모습으로 보아 벌을 받게 될 것 같다.

철갑똥파리는 자기도 모르게 노래를 흥얼거렸다.

"남산 위에 저 소나무~, 철갑을 두른 듯~, 바람 소리 불편함은…….♬"

애벌레의 몸을 씻겨 주다

철갑똥파리는 꿀벌을 그리워했다. 그러나 그 후 오랫동안 꿀벌을 만날 수 없었다. 여기저기 수소문해 보았지만, 꿀벌사회가 워낙 엄격해서 다시는 만나지 못할지도 모른다는 말만 들었다.

"영원히 햇빛을 못 볼 수도 있어."

떠돌이 무당벌레는 농땡이 부리는 꿀벌은 벌집 지하감옥에 갇혀 영원히 지내야 한다고 했다. 그리고 집 나간 벌은 대장 벌에게 목숨을 잃는다는 말까지 했다. 꿀벌 생각만 하면 철갑똥파리는 자꾸 마음이 뒤숭숭했다.

'콰르릉.'

하늘도 철갑똥파리의 마음을 아는지, 맑았던 하늘에 느닷없이 벼락이 치고 비가 내리기 시작했다. 철갑똥파리는 급한 대로 손끌 모양 잎사귀로 들어갔다.

"뭐지, 넌?"

한 애벌레가 비를 막으려 잎사귀를 똥글똥글 말다가 철갑똥파리를 발견하고는 깜짝 놀라서 말했다. 얼굴이며 몸통이 꼭 물에 불은 무말랭이처럼 생긴 애벌레는 얄궂은 목소리로 물었다.

"혹시, 똥파리는 아니지?"

철갑똥파리는 순간 욱해서……,

"똥파리면 어쩔 건데?"

건성으로 훑어보며 애벌레가……,

"비를 피하러 왔다면 얌전히 있다 가는 게 좋을 거야. 내 근처에는 얼씬도 하지 말라고."

철갑똥파리는 불청객 취급 받은 것 같아 기분이 언짢았지만, 마찰을 빚기 싫어 비가 그칠 때까지 가만히 있기로 했다. 생각해 보면 하고많은 나뭇잎 중에 하필이면 쌀쌀맞은 애벌레가 있는 이곳에 들어왔나 싶은 생각도 들었다.

"퉤퉤……."

애벌레는 온몸에 솜털 같이 돋아난 가시 끝에서 무언가를 빨아 내고 있었다. 그러더니 마치 침을 뱉듯 사방으로 그걸 뱉어냈다. 철갑똥파리는 애벌레에게 다가가 물었다.

"뭐 하는 거야?"

"저리 떨어져."

철갑똥파리는 두어 발짝 물러나 밖을 내다보았다. 자기 몸통 크기만 한 빗방울이 무수히 떨어지며 사방으로 작은 물방울 파편을 날렸다.

"……."

침묵이 어색해서 철갑똥파리는 세수를 했다. 앞발바닥을 비벼 얼굴과 더듬이, 아랫배와 날개 구석구석을 닦았다. 세수는 틈만 나면 하는 일이기 때문에 새로울 것도 없다.

"그거 어떻게 하는 거야?"

어쩐 일인지 애벌레가 먼저 말을 걸어 왔다. 철갑똥파리는 애벌레가 무엇을 묻는지 몰라 어리둥절했다.

"뭐……?"

"어떻게 하면 몸 구석구석이 그렇게 깨끗해지지?"

"그야, 앞발바닥을 비벼서 이렇게……."

철갑똥파리는 또다시 세수하는 시늉을 했다. 부러운 눈빛으로 애벌레가 물었다.

"나도 할 수 있을까?"

철갑똥파리는 동글동글한 애벌레의 몸을 흘낏 보며 말했다.

"짜리몽땅한 너의 앞발로는 어림없을 것 같은데?"

"네가 나를 씻겨 주면 되잖아."

철갑똥파리는 애벌레의 말에 어이가 없었다.

"내가 왜 그래야 하지?"

애벌레는 굴침스럽게 말했다.

"네게 비 피할 공간을 마련해 줬잖아? 고마움의 표시로 날 씻겨 주면 좋잖아."

철갑똥파리는 콧방귀를 뀌며 대꾸했다.

"요만큼도 고맙지 않거든."

철갑똥파리는 애벌레가 싸 놓은 좁쌀 반 토막만 한 똥을 툭 찼다. 솜털 같은 가시를 곧추세우며 애벌레가 말했다.

"예의라곤 눈곱만큼도 없는 녀석이군. 똥파리 따위한테 무언가를 기대한 내가 잘못이지."

철갑똥파리는 몸 안의 똥주머니가 화덕에 구워지는 빵처럼 부풀어 오르는 것을 느꼈다.

"네가 애초에 나를 따뜻하게 맞아 주었다면 상황이 달라질 수도 있었을 거야. 그런데 넌 나를 마치 성가신 짐승곤충 보듯 했잖아?"

"난 몸을 깨끗이 씻어 보는 게 소원이야."

철갑똥파리는 어이가 없다 못해 어삼까지 없었다.

"미안하지만 너의 소원 따위 관심 없거든."

서운한 기색이 역력한 낯빛으로 애벌레가 쏘아붙였다.

"그렇게 안 봤는데, 매몰차네."

철갑똥파리는 애벌레와 상대하지 말자, 비가 그치기만 하면 훌훌 털고 나가 버리자 다짐했지만, 무말랭이 같은 애벌레의 말 한 마디 한 마디에 더듬이가 곤두서는 걸 느꼈다.

"처음 보자마자 대뜸 똥파리 아니냐며 깔봤잖아?"

"그래서 아니라고 했잖아. 게다가 미안하다고 사과까지 한 것 같은데……."

철갑똥파리는 사과까지 하지 않았느냐는 애벌레의 뒷말 붙임에 똥구멍이 떨리는 것을 느꼈다. 무말랭이 같은 저 얼굴에 날똥이라도 싸 줄까?

"아니거든. 나, 똥파리 맞거든."

구린내라도 맡은 것처럼 코를 찡그리며 애벌레가 몸을 떨었다.

"에구구? 똥파리다. 그것도 거짓말쟁이 똥파리."

철갑똥파리는 더듬이 끝까지 화가 치미는 것을 느꼈다. 여태껏 느껴 보지 못한 기묘하고도 불길한 분노에 그만 터진 홍시처럼 똥구멍이 부들부들 떨리는 게 아무래도 자신이 정상이 아닌 것 같다.

"도대체 어디서 굴러먹다 온 개똥 같은 애벌레지?"

"나처럼 예쁜 개똥이 어디 있어?"

철갑똥파리는 욕을 바가지로 해도 시원찮을 것 같았다. 속을 후련하게 해 줄 치명적이면서도 화끈한 욕바가지를 생각해 보려고 궁리하고 있는데, 갑자기 애벌레가 울음을 터트렸다.

"엉엉. 네게서 왜 그런 심한 욕을 들어야 하지? 난 그저 호의를 베풀었을 뿐이라고."

철갑똥파리는 궁지에 몰려 눈물 흘리는 애벌레의 모습이 가증스러워 보였다. 욕바가지 날리기 전에 이거 하나는 풀고 가야지…….

"말해 봐. 네가 어떤 호의를 베풀었는지."

애벌레는 훌쩍거리며 답했다.

"내겐 독 가시가 있어. 네가 다가온다면 찔려 다칠 거야."

철갑똥파리는 한편으로 뜨끔하면서도 다른 한편으로 뜨악해졌다.

"그럼 몸을 나더러 씻겨 달란 이유가 뭐야? 네 말이 사실이라면, 내가 독에 쏘일 수도 있는 거잖아?"

"가시 끝에 있는 독을 뱉어내고 있었어. 자칫하다 찔릴 수 있으니까. 하지만 다 뱉어내서 이젠 괜찮아."

철갑똥파리는 머릿속으로 상황을 정리해 보려고 애를 썼다. 꼭지가 살짝 돌았다고 생각한 애벌레가 정상이라면 자기는 왜 이렇게 분노하고 있는 걸까?

"그럼, 첨보는 내게 왜 똥파리냐고 물었어?"

"똥파리는 독한 똥을 먹어서 그런지 내 독에 면역이 되거든. 그래서 나는 네가 똥파리라면 다행이다 싶어서 그랬어."

철갑똥파리는 빳빳해진 더듬이를 풀며 부푼 똥주머니를 원상 복귀시켰다. 그래도 피할 수 없는 궁금증 하나가 남았다. 잠깐의 궁금증은 애벌레의 다음 말에 금세 풀렸다.

"너는 등갑도 크고 화려해서 오만한 등갑파리인 줄 알았어, 훌쩍~."

"어, 그래……?"

철갑똥파리는 할 말을 잃었다. 못마땅하다는 듯 애벌레가 사방으로 뱉어냈다고 생각했던 가시의 독들도 사실은 저 멀리 구석진 곳에 한 군데만 모여 있었다. 철갑똥파리는 애벌레에게 물었다.

"그럼, 널 지켜 줄 독을 나를 위해 버린 거야?"

"네가 위험해질 수 있으니까. 그리고 독은 이틀 뒤면 또 생겨."

철갑똥파리는 이쯤 되면 사과하지 않을 수 없다고 생각했다.

"미…… 미안해. 너의 깊은 뜻을 몰랐어."

"나도 미안해! 네가 불쾌할 수 있다는 생각을 미처 하지 못했어."

철갑똥파리는 근심을 털어 버리듯 씩 웃으며 말했다.

"너를 씻겨 주고 싶은데, 괜찮을까?"
"그야 물론이지."
철갑똥파리는 애벌레에게 다가가 마사지하듯 애벌레의 몸을 씻겼다. 기분이 좋아진 애벌레는 콧노래까지 불렀다.
"그런데 좀 전까지 노래 부르던 게 너였어?"
철갑똥파리는 떠벌리듯 답했다.
"응, 그게 나야."
애벌레는 부러운 듯 말했다.
"넌 좋겠다. 노래도 잘 부르고, 멋진 날개로 원하는 곳을 맘대로 날아다니고."
"그럼 뭐해? 기껏 똥이나 먹는 똥파리인데……."
"무엇을 먹든 그게 무슨 상관이야? 난 네가 부러워."
철갑똥파리는 애벌레의 옆구리를 긁어 주듯 씻기며 말했다.
"참 내, 부러울 것도 많네. 나는 네가 부러운데……."
"이 저주받은 몸뚱이가 뭐가 부럽다고……."
그 말을 혼잣말처럼 뇌까리는 애벌레의 옆모습이 파리했다. 철갑똥파리는 기운을 북돋워 주듯 말했다.
"넌 틀림없이 아름다운 날개를 얻게 될 거야."
"정말?"
철갑똥파리는 혹등똥파리와 꽃구경 여행을 떠난 길에 아름다운 날개로 나풀거리며 날아다니던 제비나비를 떠올렸다.

애벌레가 보채듯 물었다.

"정말 나도 날개를 얻을 수 있을까?"

"그…… 그건……."

철갑똥파리는 나비가 아니라 나방이 될 수도 있다는 말을 차마 덧붙이지 못했다. 애벌레는 체념하듯 말했다.

"거짓말하지 마. 네 얼굴에 다 쓰여 있어."

"정말이야. 힘든 애벌레의 시기를 잘 견디고 나면 넌 틀림없이 멋진 존재가 되어 있을 거야."

"싫어. 잡히지도 않는 미래를 바라는 건……."

철갑똥파리는 우울해 하는 애벌레를 어떻게든 위로해 주고 싶었다. 그러나 마땅히 할 말을 찾지 못했다. 애벌레가 잠깐 동안의 침묵을 깨며 말했다.

"너무 두려워."

철갑똥파리는 머쓱해져서 물었다.

"자기 몸을 지켜 줄 독가시도 있으면서 뭐가 두려워."

"셀 수 없이 많지. 새의 부리와 사마귀 발톱, 불개미의 습격, 생각만 해도 너무 끔찍해. 그리고……"

애벌레는 잠시 망설이다 말을 이었다.

"내가 먹을 잎사귀들이 당장이라도 사라져 버릴까 두려워."

철갑똥파리는 천천히 운을 떼며 말했다.

"그런 문제라면 나도 똑같아. 넌 거미줄이 얼마나 무서운지, 개구리의 혓바닥은 또 얼마나 끔찍한지 상상도 못하지?"

"그래도 똥 떨어질 걱정은 없잖아? 세상의 모든 동물이 똥을 싸니까."

철갑똥파리는 애벌레의 말에 할 말을 잃었다. 떨어질 걱정 없는 똥을 먹고사는 것이 얼마나 싫은 일인지 애벌레는 짐작도 못하는 것 같다. 그것 말고도 두렵고 무서운 일이 많기론 자신이 애벌레보다 훨씬 더하면 더했지 덜하지 않을 텐데.

'후드득.'

어느덧 빗방울 떨어지는 소리가 잦아들었다. 철갑똥파리는 마음속에 있는 말을 꺼냈다.

"내가 똥파리라는 게 싫어."

"왜? 넌 충분히 멋져. 그것도 부러울 정도로 아주 많이."

철갑똥파리는 더듬이를 양옆으로 가로저었다.

"넌 아무것도 몰라. 넌 꿀을 먹어 본 적도 없잖아?"

"꿀을 먹어 봤어?"

"응. 아름다운 꽃에서 나는 꿀이 어느 구멍에서 나오는 구린 똥 따위와는 비교할 수조차 없을 정도였지."

애벌레는 건성으로 고개를 끄덕였다.

"그런 일이 있었구나."

애벌레는 똥파리 말에 맞장구치긴 했지만, 속으로는 '넌 꿀벌이 아니니 상관없잖아'라고 말하고 싶은 걸 꾹 참았다. 그 말을 하기에는 자신도 넘지 못한 존재의 벽이 크고 높았다.

어느새 비는 그쳐 밖은 잠잠해졌다. 철갑똥파리가 천천히 걸음을 옮기며 말했다.

“비가 그쳤어. 이제 가야 할 것 같아.”

애벌레는 눈동자를 한 바퀴 돌리더니, 재채기와 함께 말을 토했다.

“에취! 감기라도 걸리면 찬바람과 함께 들어온 네 탓인 줄 알아.”

철갑똥파리와 애벌레는 서로를 마주보며 빙긋 웃었다.

“잘 있어.”

“잘 가. 내 몸 씻겨 준 거 평생 잊지 않을게.”

철갑똥파리는 고개 대신 날개를 위아래로 끄덕이며 맑게 갠 하늘 위로 날아올랐다.

거미줄에 걸린 철갑똥파리

철갑똥파리는 애벌레의 집을 나오며 생각했다.

'도대체 뭐가 좋아 보인다는 거야?'

철갑똥파리는 애벌레의 말을 이해할 수 없었다. 똥파리라는 이유로 남들에게 손가락질받는 기분이 어떤 건지 애벌레는 상상도 못 할걸. 바로 그때 땅 밑 수풀 사이로 국방색 피부 껍데기로 위장한 개구리가 보였다.

'조심해야 해. 비가 그친 뒤라 수풀 사이에 개구리가 많을 거야.'

철갑똥파리는 개구리 혓바닥 사정권에서 멀어지기 위해 고도를 높였다. 그때였다. 은방울이 초롱초롱 예쁘게 매달린

그물이 눈에 들어왔다.

'아뿔싸!'

거미줄이다. 작은 빗방울이 거미줄에 매달려 영롱하게 빛나고 있었다. 철갑똥파리는 급하게 방향을 틀었다. 그러나 운나쁘게도 왼쪽 날개 끝이 거미줄에 달라붙었다. 게다가 하필이면 그때 맞바람이 부는 바람에 다른 한쪽 날개도 그만 거미줄에 달라붙고 말았다. 철갑똥파리는 자신에게 속삭였다.

'침착해야 해. 몸부림치다 거미줄에 완전히 감기기라도 하는 날엔 그걸로 끝이야.'

다행히 물기를 머금은 거미줄은 끈적임이 덜했다. 철갑똥파리는 빗방울을 더듬이로 굴려 한쪽 날개를 떼어 냈다. 그때 거미줄 주인이 곡예를 하듯 줄을 타며 빠르게 다가왔다.

"거기서."

소리를 지르는 거미는 잔인하기로 그 일대에 소문이 자자한 과부 거미였다. 철갑똥파리가 다른 날개마저 막 떼어 내려는 순간, 과부 거미는 부리나케 거미줄을 쏘았다. 과부 거미가 쏜 거미줄은 어망처럼 펼쳐져 철갑똥파리의 몸을 감쌌다. 철갑똥파리는 꼼짝달싹할 수 없게 되었다.

"호호호."

가까스로 파리 사냥에 성공한 과부 거미는 갈고리 모양처럼 생긴 이빨을 드러내며 웃었다.

"꽤 침착한 파리네? 다른 애들은 몸부림부터 치기 바쁜데……."

"잠깐만요."

"뭘 잠깐?"

얼토당토않다는 듯 갈고리 이빨을 드러내며 비웃는 과부 거미를 보니, 생전 가장 당하기 싫은 일과 실제로 마주하고 있다는 것이 실감 났다.

"거미 아줌마. 날 잡아먹을 거예요?"

철갑똥파리는 이런 말밖에 할 수 없는 자신이 한심했다. 과부 거미는 섬뜩한 미소를 흘리며 답했다.

"지금은 배불러. 저장해 놨다가 천천히 요리해 주지."

영락없이 고깃덩이 취급받는 것도 기막혔다. 철갑똥파리는 소리쳤다.

"난 똥파리라고요. 배 가르면 냄새나고 구역질 나는 똥이 그득하단 말예요."

과부 거미는 아무렇지 않다는 듯 답했다.

"그건 누구나 똑같아."

과부 거미는 입에서 거미줄 한 토막을 이겨 내 문풍지 붙이듯 철갑똥파리의 입을 틀어막았다. 말까지 할 수 없게 되니 철갑똥파리는 정말이지 모든 게 끝장난 것 같았다. 과부 거미는 철갑똥파리를 꽁꽁 싸매고는 자기 둥지로 가져갔다.

둥지에 자리 잡고 앉자마자 과부 거미는 거미줄로 뜨개질하기 시작했다. 철갑똥파리는 열심히 주둥이를 쪼물거렸다. 꽉 막힌 변비처럼 주둥이를 틀어막은 거미줄이 좀처럼 떼어지지 않았다.

과부 거미는 한참을 뜨개질한 것을 철갑똥파리의 몸에 대보며 혼잣말했다.

"이만하면 맞으려나?"

열심히 쪼물거리는 통에 거미줄딱지에 틈새가 조금 벌어졌다. 철갑똥파리는 틈새를 통해 새나가는 목소리로 물었다.

"누…… 누구한테 주려고요?"

"거참 시끄러운 파리네. 입에 거미줄 치지 않을 수 없구나."

거미는 껌 뱉듯 거미줄 한 토막을 토해 내 또다시 똥파리의 주둥이를 틀어막으려 했다. 철갑똥파리는 재빨리 소리쳤다.

"누구든 죽기 전에는 소원도 들어준다는데……."

과부 거미는 철갑똥파리의 주둥이를 막다 말고 물었다.

"그래? 죽기 전 소원이 무엇이냐?"

철갑똥파리는 침을 꿀꺽 삼켰다. 마지막이 될 수도 있다고 생각하니 목구멍으로 넘어가는 침이 꿀처럼 달았다.

"거미 아줌마의 소원이 이루어지는 거요."

과부 거미는 예상치 못한 대답에 눈이 휘둥그레졌다.

"내 소원이 뭔지 알고?"

"말해 주면 제가 그 소원을 이루어 드릴게요."

과부 거미는 눈을 한 번 깜박이더니, 철갑똥파리의 몸에 붙은 거미줄을 조심조심 떼어 냈다.

"난 땅굴 거미 총각을 짝사랑해. 어떻게 하면 좋을까?"

철갑똥파리는 눈알을 굴리며 생각했다.

"땅굴거미 아저씨한테 옷 선물하려고 뜨개질한 거였어요?"

"아니, 널 예쁘게 포장해서 거미 총각에게 가져다 주려고."

"그럼, 똥파리 선물 대신 고백을 하세요."

과부 거미는 자신 없는 목소리로 말했다.

"과부인 내가 그럴만한 자격이 있을까?"

철갑똥파리는 버릇처럼 눈알을 굴리며 물었다.

"거미 아줌마는 언제 과부가 되었어요?"

과부 거미는 눈을 게슴츠레 뜨며 말했다.

"몰라. 태어날 때부터 난 과부였어. 새끼 거미였을 때부터 모두 나를 '과부 거미'라 부르며 손가락질했어."

철갑똥파리는 잠시 궁리하더니, 좋은 생각이 난 듯 입을 똥그랗게 벌리며 말했다.

"제가 아줌마 이름을 새로 지어 줄게요."

"내 이름을?"

"네. 이렇게 근사한 대궐 같은 거미줄에 은방울 같은 물방울이 전등같이 매달려 있으니, 은방울거미 아가씨 어때요?"

"어머나! 참 예쁜 이름이다. 이름만으로 내가 달라진 것 같아."

철갑똥파리는 끈적거리는 거미줄을 앞발로 씻어 내는 시늉을 하며 말했다.

"땅굴거미 아저씨에게 가서는……."

은방울거미는 말을 듣다 말고 사랑스러운 윙크를 보내며 말했다.

"아니야. 이제는 그 배불뚝이 땅굴거미가 나에게 정녕 어울리는지 다시 한 번 생각해 봐야겠어."

철갑똥파리에게 개목걸이처럼 남아 있던 거미줄을 끊어 주며 은방울거미가 말했다.

"새 이름 고마워! 넌 이제 자유의 몸이야. 과거의 이름은 잊을 테니, 너도 나와의 안 좋은 기억은 잊어 주길 바라."

철갑똥파리는 과부 거미 아줌마, 아니 은방울거미 아가씨와 앞발을 비비며 악수를 했다. 두려움의 대상과 스스럼없는 사이가 된 것이 이상했다.

"정말 가도 돼요?"

"물론이지. 넌 이제 내 친구야. 내가 보고 싶으면 언제든 거미줄에 걸려도 좋아."

철갑똥파리는 행여나 그런 일은 꿈에도 없을 것으로 생각했다.

"안녕히 계세요."

"잘 가."

철갑똥파리는 은방울거미의 둥지를 벗어나며 생각했다.

'자유의 몸이라…….'

생각해 보면 변한 건 없다. 돌연 불운한 굴레를 만나 죽을 고비를 겪었다. 그리고 그 굴레를 벗어나 다시 예전 상태로 돌아간 것뿐…….

'달라진 건 하나도 없는데…….'

머릿속 생각은 그렇게 말했지만, 가슴속 영혼은 삶에 대한 열정과 참 자유에 대한 갈망으로 벅차올랐다.

느림보 달팽이의 꿈을 이루어 주다

느림보 달팽이는 거미집에서 막 탈출하는 철갑똥파리를 보았다. 달팽이는 자신의 두 눈을 믿을 수 없었다. 탈출이라기보다는 거미가 순순히 풀어 준 것처럼 보였기 때문이다. 잔인하기 짝이 없는 과부 거미가 웬일이래?

"우와!"

느림보 달팽이는 파리의 재주가 놀라웠다. 거미집에서 무사하게 빠져나온 것도 그렇지만, 창공을 자유자재로 날아다니는 것이 참으로 신기하고 놀라웠다. 절로 두 눈이 춤추는 바람인형처럼 팔랑거렸다.

"파리야."

철갑똥파리는 땅 밑을 내려보았다. 달팽이가 눈알 빠지게 두 눈을 팔랑거리며 자신을 부르고 있었다.

"왜?"

순식간에 달팽이 앞에 착지하며 철갑똥파리가 물었다. 공중곡예 하듯 급선회 하강해서 땅에 부드럽게 내려앉는 기술이 10점 만점에 100점을 줄 만했다.

부러운 듯 철갑똥파리를 우러러보며 달팽이가 물었다.

"넌 어쩜 그렇게 잘 날 수 있어?"

철갑똥파리는 날개를 으쓱이며 말했다.

"이 정도야 뭐. 근데, 왜 불렀어?"

"아, 참! 네 날개에 감탄하느라 깜빡 잊고 있었다. 거미한테서는 어떻게 무사하게 빠져나올 수 있었어?"

호기롭게 웃으며 철갑똥파리가 답했다.

"거미의 소원을 들어 줬어."

"어떻게?"

"새 이름을 지어 줬지."

달팽이는 기다란 눈 자루 끝에 달린 눈알을 동그랗게 뜨며 물었다.

"거미의 소원이 새 이름을 갖는 거였어?"

"아니. 원래 다른 거였는데, 새 이름을 갖는 순간 예전 소원은 필요 없게 되었어."

달팽이는 눈알을 크게 부풀리며 말했다.

"그렇다면 내게도 이름 하나 지어 주면 안 될까?"

"이름을? 왜?"

"소원을 이루어 달라 말하고 싶지만, 그건 아무래도 불가능하니 이름만이라도……."

"네 소원은 뭔데?"

철갑똥파리는 앞발을 비벼 세수하며 물었다. 달팽이에게 예의가 아닌 것을 알지만, 거미줄의 끈적거리는 느낌 때문에 어쩔 수 없었다. 한동안 머뭇거리더니 느림보 달팽이가 말했다.

"하늘을 날고 싶어."

철갑똥파리는 아무렇지 않다는 듯 답했다.

"그거라면 이룰 수 있겠는데?"

그 말에 깜짝 놀란 달팽이의 두 눈알이 터져 버릴 듯 크게 팽창했다.

"어떻게? 난 발도 없고 날개도 없는데……."

"집에서 나와. 내가 태워 줄게."

달팽이는 길게 뻗은 눈 자루를 수그리며 말했다.

"나갈 수 없어. 집은 감옥과 같아. 그것보다……."

풀죽은 목소리로 달팽이가 말을 이었다.

"내 몸의 끈적이는 점액질이 너의 날개를 적시면 거미줄에 묶인 것보다도 더 험한 꼴을 당하게 될걸."

철갑똥파리는 눈알을 크게 부풀리거나 작게 쪼그라트리거나, 마치 팔다리처럼 눈을 자유자재로 움직이는 달팽이가 신기했다.

"그래도 원하면 언제든 집에 들어가 쉴 수 있잖아?"

철갑똥파리는 그 말이 느림보 달팽이에게 충분한 위로가 되지 못한다고 생각했다. 그때 하루살이 떼가 나타났다. 하루살이들은 뭐가 그리 급한지, 허공 위를 계단 오르듯 오르락내리락하며 부산하게 쏘다녔다. 그러고는 구령처럼 무슨 말인가를 힘차게 씨불였다.

"열심히 살자."

"하루뿐인 인생, 보람차게 살자."

하루살이 중에 몸집이 가장 큰 하루살이의 구령에 맞추어 수많은 하루살이가 일사불란하게 움직였다.

철갑똥파리는 확성기에 대고 떠들듯 하루살이들을 향해 큰 목소리로 말했다.

"어이. 하루살이들. 보람차게 사는 게 뭔데?"

몸집이 큰 대장 하루살이가 낙하산처럼 땅에 내려앉으며 말했다.

"뭐든 열심히 하는 거지."

"그래서 너희는 지금 무엇을 열심히 하는 거야?"

"보면 몰라? 날고 있잖아."

"어딜 가려고?"

철갑똥파리 말에 대장 하루살이는 고개를 가로저으며 답했다.

"어딜 가고자 하는 건 아니야."

"그럼, 뭣 하러 그렇게 열심인 거야?"

"꼭 무엇을 해야 하는 게 아니야."

"그럼 뭐야?"

대장 하루살이를 보는 철갑똥파리의 표정이 심드렁했다. 대장 하루살이가 뻔대듯 말했다.

"무엇을 하든 열심히 한다는 게 중요한 거야."

"그러면 나와 달팽이 좀 도와줘."

"왜 그래야 하지?"

철갑똥파리는 꾀를 부리듯 말했다.

"나는 너희에게 무엇인가 열심히 할 기회를 주려는 것뿐이야."

다른 하루살이들이 속속들이 땅에 연착륙하며 대장 하루살이에게 물었다.

"대장! 파리가 대체 뭐라는 거야?"

"달팽이를 도와달래."

"우리가 왜 그래야 하지?"

수많은 하루살이가 서로의 얼굴을 쳐다보며 수군거렸다. 철갑똥파리는 목청껏 말했다.

"모두 달팽이의 꿈을 이루어 줘."

"달팽이의 꿈?"

"달팽이는 하늘을 날고 싶어 해. 너희가 도와주면 좋겠어."

하루살이들이 수군거렸다. 잡소리를 없애려는 것처럼 대장 하루살이가 뻗대는 목소리로 말했다.

"달팽이의 허황한 꿈을 위해 왜 금쪽같은 우리 시간을 쪼개야 하지?"

철갑똥파리는 답했다.

"허황한 시간을 금쪽같은 꿈으로 채우라고."

철갑똥파리의 말에 그 많은 하루살이가 약속이나 한 듯 고개를 갸웃거렸다. 그러더니 가타부타 자기들끼리 말다툼하기 시작했다.

"금 같은 우리 시간이 허황하다는 거야?"

"달팽이의 허황한 꿈으로 어떻게 우리의 금쪽같은 시간을 채울 수 있다는 거야?"

그때 한 하루살이가 나서며 말했다.

"달팽이의 꿈을 이루어 주는 게 어때?"

다른 하루살이가 나서며 볼멘소리로 말했다.

"우리는 각자의 소원을 이루기에도 시간이 없어."

봇물 터지듯 여기저기서 아우성이 들렸다.

"맞아. 우리 소원 이루기도 바쁜데, 시간을 허비하기 바쁜 느림보 달팽이 따위라니, 말도 안 돼."

대장 하루살이는 근엄한 말투로 말했다.

"오래 사는 것 외에 다른 꿈이 있는 하루살이가 있어?"

잠잠해진 하루살이들 대가리 위로 대장 하루살이가 꾸짖듯 말했다.

"모두가 꾸는 꿈을 좇는 것은 꿈이 아니야. 욕망일 뿐이지. 욕망에 찌들어 짧은 삶을 마감할 바에는 꿈을 이루는 것을 택하겠어. 그것이 다른 이의 꿈이라도 말이야."

몇몇 하루살이들이 고개를 끄덕였다. 달팽이가 나서며 말했다.

"모두 고마워. 시간이 그리 많지 않은 너희에게 이렇게 말하는 게 부끄러워."

철갑똥파리는 이제 와서 달팽이가 '마음만 받을게' 하는 식으로 말하면 어쩌나 싶어 가슴을 졸였다. 우려를 불식시키며 달팽이는 크고 확신에 찬 목소리로 당당하게 말했다.

"너희가 내 꿈을 이루어 주면 참 좋겠어."

하루살이들은 함성을 터트렸다. 좀 전의 갈팡질팡하던 모습은 오간 데 없고 모두 달팽이의 소원을 들어 주자며 열화와 같이 들떠 있었다. 철갑똥파리가 자기 생각을 말했다.

“나뭇잎그물에 밧줄을 매달아 달팽이를 들어 올리자고.”

“밧줄은 어떻게 할 건데?”

철갑똥파리는 아차 싶었지만 금세 좋은 생각이 났다.

“밧줄은 거미가 만들어 줄 거야.”

거미라는 말에 하루살이들은 약속이나 한 듯 몸을 오들오들 떨었다. 대장 하루살이가 혀를 차며 말했다.

“거미가 도와줄 리 없잖아? 잡아먹지나 않으면 다행이지.”

“은방울거미 아가씨라면 틀림없이 도와줄 거야.”

철갑똥파리와 하루살이들은 거기서 얼마 멀지 않은 곳에 있는 은방울거미 아가씨에게로 날아갔다. 대장 하루살이는 먼발치에서 떨어져 철갑똥파리와 거미가 말하는 것을 들었다.

“은방울거미 아가씨, 도와줘요.”

“어떻게?”

“달팽이를 날게 하고 싶은데, 밧줄이 필요해요.”

은방울거미는 공중에 떠 있는 수많은 하루살이에 일일이 눈길을 던지며 말했다.

“밧줄이라면 얼마든지 만들어 주지. 그런데 그게 너한테 왜 중요하지?”

“몰라요. 그냥 가슴 깊이 그러고 싶어요.”

“그래? 친구가 원하는 일이라면 기꺼이 도와야겠지?”

은방울거미 아가씨는 즉시 떡가래 뽑듯 거미줄을 뽑아 내기 시작했다.

“잘못하면 너희가 거미줄에 달라붙을 수도 있으니 찰기는 없앨게.”

배 굵은 삼나무를 둘둘 말 수 있을 만큼 많은 거미줄 분량을 뽑아 낸 은방울거미는 지친 표정이었다.

“휴. 힘들다. 이 정도면 충분하겠니?”

“네, 고마워요.”

“무리하게 거미줄을 뽑았더니 배가 고프구나.”

은방울거미는 철갑똥파리에게 다가가 은밀하게 속삭였다.

“죽을 때가 되면 내 거미줄에 걸려 달라고 하루살이들한테 말해 줄래?”

철갑똥파리는 그 말을 하는 은방울거미가 얄궂어 보였다.

“……말은 해 볼게요.”

철갑똥파리는 하루살이들의 도움을 받아 무사히 밧줄을 실어 날랐다. 이제 달팽이를 태울 나뭇잎그물에 줄을 엮어 공중에 띄우는 일만 남았다. 대장 하루살이의 지시에 맞추어 하루살이들은 일사불란하게 움직였다.

철갑똥파리는 하루살이들이 열심히 일하는 모습을 보며 흐뭇하게 웃었다. 대장 하루살이가 철갑똥파리에게 다가가 물었다.

“아까 거미가 뭐라고 했어?”

"뭐?"

"거미가 네게만 뭐라고 속삭였잖아."

"아, 그거?"

철갑똥파리는 은방울거미가 마지막에 했던 말을 생각해 내고는 쓴웃음을 지었다. 거짓말을 할 수도, 곧이곧대로 말할 수도 없고……. 철갑똥파리는 에둘러 말했다.

"너희가 살아 있는 동안에는 절대로 잡아먹지 않겠대."

"그것참 고마운 말이네. 자, 이제 준비가 된 것 같아."

철갑똥파리는 달팽이를 향해 큰 목소리로 물었다.

"달팽아, 준비됐니?"

"응."

잔뜩 긴장했는지 달팽이의 눈이 쏙 들어갔다.

"자, 모두 줄을 잡아."

하루살이들은 저마다 거미밧줄을 잡고 날아오를 준비를 했다. 철갑똥파리도 거미밧줄 하나를 단단히 쥐었다. 대장 하루살이가 큰 목소리로 외쳤다.

"날아올라."

하루살이들이 일제히 날아오르기 시작했다. 달팽이의 몸과 집도 떠오르기 시작했다. 철갑똥파리는 혹시라도 달팽이가 떨어질까 염려스러워 안전띠용 거미밧줄을 꽉 메어 주었다.

달팽이는 두둥실 풍선처럼 떠올랐다. 멀리 내다보이는 산과 들, 흔들바람에 산들거리는 초원의 잎이 한눈에 들어왔다.

"와!"

달팽이는 바늘구멍 같은 입을 다물지 못했다. 하루살이들은 저 멀리 보이는 무지개 정상에 도달할 만큼 높이 날았다. 하루살이 중 몇몇은 그새를 참지 못하고 죽기 시작했다. 하나 둘 떨구어져 나가는 하루살이들을 보며 달팽이는 참아 왔던 울음을 터트렸다.

"오! 꿈을 이루려는 짧은 생에 축복을……."

달팽이를 실은 하루살이들과 철갑똥파리는 땅에 무사히 착륙했다. 대장 하루살이는 지쳤는지, 아니면 그새 죽을 때가 다 되었는지 무척이나 수척해 보였다.

달팽이가 하루살이들을 찬찬히 바라보며 말했다.

"모두 진심으로 고마워!"

대장 하루살이는 달팽이에게 말했다.

"우리도 고마워! 너의 꿈이 바로 우리의 꿈이기도 했어."

달팽이는 눈물을 철철 쏟았다.

"이제 너희에겐 시간이 얼마 남지 않았겠지."

"꿈을 위한 시간이야 영원하지."

그 말을 하며 하루살이들은 날아갔다. 그들의 말대로 영원한 꿈의 시간을 좇는 것처럼 가냘프게 하늘거리며 빛이 부서

지는 곳으로 사라졌다.

달팽이는 철갑똥파리의 앞발을 꼭 쥐며 말했다.

"이 모든 게 네가 있어 가능했어."

"한 번뿐이라 미안해."

"무슨 소리야? 난 이제부터 영원히 날 수 있어."

영문을 몰라 눈을 끔벅이는 철갑똥파리를 보며 달팽이는 눈알을 부풀리며 말했다.

"날았던 순간을 영원히 간직할 거야. 기억을 더듬기만 하면 언제라도 날 수 있지 않겠어?"

철갑똥파리는 말했다.

"넌 이제부터 날개 달린 달팽이야. 네 상상의 날개로 세상 어디든 날아다닐 수 있을 거야."

"고마워! 첫 비행도, 그리고 새 이름도."

첫사랑 혹등똥파리와의 재회

철갑똥파리는 똥파리 마을로 돌아갔다. 둥지로 돌아온 철갑똥파리를 가장 먼저 반긴 건 혹등똥파리였다. 혹등똥파리는 주인 만난 강아지처럼 궁둥이를 연신 붕붕거렸다.

"네 이야기가 온 산과 들에 퍼졌어."

철갑똥파리는 심드렁해서 말을 받았다.

"무슨 말이래?"

"네가 꿈파리래."

혹등똥파리는 따라붙으며 새살거렸다.

"소원을 들어주는 꿈파리. 너를 잡아먹으려는 과부 거미의 꿈도 들어 줬다면서?"

철갑똥파리는 설핏 웃었다.

"죽을까 봐 꾀를 냈을 뿐이야. 내가 한 건 아무것도 없어."

"아니야. 눈을 들어 사방을 봐봐. 너 때문에 우리를 똥파리라 놀려 대던 애들이 모두 달라졌어."

철갑똥파리는 흡사 달팽이처럼 눈알을 사방으로 굴리며 주변을 살폈다. 동료 똥파리들은 말할 것도 없고, 수많은 곤충이 자신을 우러러보며 지나갔다. 더듬이에 침을 튀겨 가며 혹등똥파리가 말했다.

"넌 우리의 영웅이야. 네가 나의 친구라는 것이 자랑스러워."

"난 예전의 나와 똑같아."

혹등똥파리는 더듬이를 가로저으며 말했다.

"넌 영웅이고, 우리의 꿈파리야. 너를 바라보는 시선 때문에라도 예전의 너처럼 행동할 수 없을걸."

그때 날래기똥파리가 날아들었다. 날래기똥파리는 다짜고짜 철갑똥파리의 앞발을 부여잡았다.

"우리 똥 먹으러 가자. 내가 똥 찾는 데는 도사잖아?"

날래기똥파리는 그의 말처럼 똥 찾기 도사였는데, 질 좋고 맛좋은 똥을 귀신같이 찾아냈다. 난데없는 날래기똥파리의 호의에 당황스러워하며 철갑똥파리가 입을 떼었다.

"지금은 혼자 있고 싶어."

똥파리라면 모두가 날래기똥파리와 친구가 되길 원했다. 그렇지만 욕심 많은 날래기똥파리는 자기가 찾은 좋은 똥을 다른 이들과 나누길 원치 않았다. 들리는 말로는 날래기똥파리는 똥을 신선한 상태로 장기간 보관하는 획기적인 방법까지도 알고 있다고 한다.

"원한다면 언제라도 나를 찾아와."

날래기똥파리는 머쓱한 웃음을 흘리고는 날랜 날갯짓과 함께 사라졌다. 자기 말이 맞는다는 듯 혹등똥파리가 앞발을 비비며 다가왔다.

"그것 봐. 날래기똥파리도 저 모양인데, 앞으로 얼마나 더 많은 파리가 꼬이겠니?"

철갑똥파리는 시큰둥한 표정으로 말했다.

"지금은 좀 피곤해."

"알았어. 나도 부탁이 있는데, 나중에 꼭 들어 줘야 해."

혹등똥파리는 그 말을 남기며 자리를 피했다.

'친구에게 부탁이라니…….'

철갑똥파리는 자신을 보는 다른 이들의 시선 때문에 자기가 변할 거라는 혹등똥파리의 말이 피부로 와 닿는 것을 느꼈다. 때 묻은 보금자리에 배 깔고 엎드리려는데, 아무래도 혹등똥파리의 말이 뒷골을 당겼다. 이대로는 쉬는 게 쉬는 것 같지 않다. 철갑똥파리는 둥지에서 고개를 내밀어 혹등똥파리를 불렀다.

"혹등아!"

대기하고 있었다는 듯 혹등똥파리가 부리나케 달려왔다.

"왜 쉬지 않고?"

곱지 않은 시선으로 혹등똥파리를 훑어보며 철갑똥파리가 물었다.

"네 부탁은 뭐야?"

혹등똥파리는 배시시 웃었다.

"내 말을 귀 기울여 들어 주면 좋겠다는 의미였어."

"뭐가 됐든 말하고 싶은 게 뭐야?"

철갑똥파리는 그 말을 하는 자신이 영 어색하고 불편했다. 어쩐지 번죽거리는 방귀벌레 대하는 기분이다.

"나는 알아. 네가 노래 부르고 다니는 이유를……."

철갑똥파리는 뜨악해져서 자기도 모르게 소리쳤다.

"뭐? 그것도 소문이 퍼졌어?"

"아니, 네 속마음을 누가 알겠니. 나도 짐작만 할 뿐이지."

불편한 기색을 누그러트리며 철갑똥파리가 물었다.

"네가 짐작하는 건 뭐야?"

혹등똥파리는 더듬이를 빗질하는 시늉을 하며 말했다.

"너는 꿀벌을 찾으려는 거잖아. 헤어지기 전 마지막으로 불렀다던 그 노래……."

"혹시, 꿀…… 꿀벌이 어디 있는지 알고 있는 거야?"

철갑똥파리는 그 말을 하는 자기가 심하게 말을 더듬고 있다는 것을 깨달았다. 혹등똥파리는 뾰로통한 표정으로 말했다.

"나는 네가 사실을 알고 실망할까 두려워."

"어떤 사실?"

혹등똥파리는 뒤꽁무니 빼듯 말했다.

"아니야, 그냥. 네가 걱정돼서……."

"그게 무슨 소리야? 혹시 꽃가루꿀벌이 위험에라도 처한 거야?"

철갑똥파리는 벌들의 조직사회에 대한 흉흉한 소문을 떠올리며 불길한 예감을 떨쳐 내듯 말했다.

혹등똥파리는 발뺌하듯 말했다.

"난 아무것도 몰라."

철갑똥파리는 소원을 말한다며 이런저런 이야기를 꺼내는 혹등똥파리의 저의가 미심쩍었다.

"당최 무슨 말이 하고 싶은데?"

"나는 불행해."

난데없이 신세 한탄하는 혹등똥파리를 보며 철갑똥파리는 어이가 없었다. 이것이 뇌의 기억 용량이 얼마 안 되어 앞 뒷말 모두 잊어버리는 똥파리의 한계란 말인가.

"갑자기 왜?"

"갑자기가 아니야. 줄곧 불행했어."

철갑똥파리는 뜬금없이 신세타령하는 혹등똥파리가 우스꽝스러웠다.

"그래. 갑자기 왜? 어쩌다가 줄곧 불행하게 되었는데?"

말의 모순을 기묘하게 즐기며 철갑똥파리가 농담조로 물었다. 혹등똥파리는 철갑똥파리의 웃는 낯을 보며 더욱 시무룩해졌다.

"너는 이 상황이 우습니? 난 심각하단 말이야."

철갑똥파리는 애써 주먹을 불끈 쥐어 보였다.

"나도 무엇이 너를 불행하게 하는지 알고 싶어. 장담하는데, 너를 불행하게 하는 그것을 가만두지 않겠어."

철갑똥파리의 눈을 들여다보며 혹등똥파리가 천천히 다가왔다. 철갑똥파리는 혹등똥파리가 귓속말로 무언가를 전하고 싶은 거라 생각했다. 바로 그때 혹등똥파리가 철갑똥파리의 품에 안기며 말했다.

"넌 나의 첫사랑이야!"

곤충 세계의 영웅이 되다

철갑똥파리는 뱃속의 똥주머니가 바람 빠진 풍선처럼 쭈그러드는 것을 느꼈다. 평소에 선머슴 같던 혹등똥파리가 실은 암컷이었다니……. 불현듯, 혹등똥파리 앞에서 똥을 게걸스럽게 먹던 모습, 서로의 얼굴에 똥 범벅을 하며 놀던 모습이 눈앞을 스쳤다.

똥파리는 암수를 구별할 수 있는 생식기가 감춰져 있으므로 드러내 보이지 않고는 제대로 알기가 어렵다. 그게 다 똥의 독한 기운에서 똥파리의 생식기를 보호하려는 오묘한 자연의 이치 때문이다.

'똥에 만족할 수 있을까?'

철갑똥파리는 꿀벌이 정성껏 게워 내어 자신에게 주었던 그 꿀맛을 잊을 수가 없었다.

'그래. 내겐 똥이 아니라 꿀이 필요해.'

철갑똥파리는 날이 밝아 오기 전에 날아올랐다. 평소 마주치면 시큰둥하던 곤충들이 정답게 인사를 건네며 지나쳤다.

"꿈파리야, 안녕?"

"꿈팔아, 새벽부터 어디 가니?"

철갑똥파리는 요 며칠 전부터 모두가 자기를 영웅 떠받들 듯 행동하는 것이 마음에 들지 않았다. 날이 밝아 숱한 곤충들이 쏟아져 나올 때면 얼마나 더 많은 인사치레에 시달리며 살아야 할까.

'그냥 똥파리일 때가 편했어.'

철갑똥파리는 이런 상황이 마음에 들지 않았다. 그냥 똥파리였을 때처럼 모두 자신을 흘겨보고, 자신은 그런 그들의 눈에 띠지 않게, 투명파리처럼 지내는 것이 차라리 나았다.

'거무튀튀하다.'

하늘에 드리운 먹구름처럼 철갑똥파리의 가슴엔 끄느름한 안개 더미가 자리해 있었다. 철갑똥파리는 밤새 마음속으로 생각했던 것을 행동에 옮기기로 했다.

'그래, 꿀을 찾자.'

철갑똥파리는 먼 길을 날았다. 멀고 먼 길을 날았지만, 철갑똥파리는 쉽사리 똥파리 마을을 떠날 수 없었다. 해님이 하늘 꼭대기로 올라가 한참을 내려왔을 때도 철갑똥파리는 똥파리 마을 외곽을 어슬렁거리고 있었다.

"아이고, 꿈파리님께서 예까지 행차하셨네."

고개를 들어 보니 떠돌이 무당벌레가 다가오고 있었다. 무당벌레는 웃는 낯으로 말했다.

"어떤 파리가 널 찾고 있던데, 여기서 뭐 해?"

"누가 날 찾아?"

"항상 너와 단짝처럼 붙어 다니던 친구."

'혹등똥파리겠지.'

철갑똥파리는 속으로 생각하며 고개를 떨궜다. 혹등똥파리와 함께 사향노루 똥을 찾아 해맑게 웃으며 돌아다니던 옛 생각이 났다. 그때는 똥과 친구만으로 행복했는데…….

"나처럼 떠돌이 신세가 되고 싶지 않다면 어서 집으로 돌아가는 게 좋을 거야."

무당벌레가 훈수 두듯 한 말에 철갑똥파리는 짐짓 놀라며 물었다.

"내가 떠돌고 있다는 것을 어떻게 알았어?"

"아니면 네가 똥파리 마을에서 멀리 떨어진 이곳에서 어물거릴 이유가 없지. 그렇다고 아예 벗어난 것도 아니고……."

철갑똥파리는 속마음을 털어놓았다.

“어디로 가야 할지 모르겠어.”

이마에 난 자그만 더듬이를 꼼지락거리며 무당벌레가 물었다.

“멀쩡한 집을 놔두고 왜 어디로 가야 할지를 고민하지?”

“넌 왜 떠돌아다니는데?”

예상치 못한 철갑똥파리의 되물음에 무당벌레는 당황했다.

“만약 내가 집에만 붙어 있었다면 네가 꿈파리란 소식을 몰랐겠지. 그렇다면 지금의 너도 몰랐을 테고……, 나는 아무것도 모른 채 바보처럼 살겠지.”

철갑똥파리는 무당벌레의 말에 의문이 남긴 했지만, 온종일 궁금해하던 일을 떠올리며 고백하듯 말했다.

“벌집을 찾고 싶어.”

“어떤 벌집?”

“나에게 꿀을 준…….”

쭈뼛거리는 철갑똥파리를 보며 무당벌레는 샌님처럼 튀어나온 주둥이를 해죽였다.

“아, 맞다. 일전에 벌에 대해 나한테 물어본 적 있지. 혹시 그 꿀벌을 찾는 거야?”

“응. 그 친구가 어떻게 되었는지 궁금해.”

“그렇담 같이 찾아보자. 근데, 어디야?”

“어디냐니?”

"수많은 벌집을 일일이 찾아볼 순 없잖아?"

철갑똥파리는 꽃을 닮은 꽃가루미소 꿀벌의 얼굴을 떠올리며 어물쩍 말했다.

"밀밭 옆 꽃밭에서 꿀벌을 만나긴 했는데……."

"밀밭 옆 꽃밭이라면 그 근처 몇 군데 벌집이 있긴 하지. 그런데 그곳은 위험해"

"왜?"

"그곳엔 말벌이 많아."

"말벌을 만나면 내가 물리쳐 줄게."

"네가 무슨 수로?"

"짐승곤충 같은 그놈들도 내 똥엔 꼼짝도 못하더라고."

철갑똥파리는 뒤꽁무니를 겨누며 총 쏘듯 똥 싸는 시늉을 해 보였다. 무당벌레는 싱겁게 웃었다. 그때였다.

"누가 나를 거들먹거리며 욕하는 거야?"

어디서 날아왔는지 말벌 하나가 호랑이 이빨 같은 위턱을 드러내며 다가왔다.

'아뿔싸!'

철갑똥파리는 아차 싶었다. 말벌은 무당벌레를 쏘아보며 물었다.

"너냐?"

무당벌레는 디디고 선 잎사귀가 내려앉을 정도로 몸을 움츠렸다. 그 모습이 마치 앞발 뒷발 모두 몸속으로 쏙 들어간 거북이 같다. 말벌은 이번에는 철갑똥파리를 노려봤다.

"너냐?"

철갑똥파리는 말벌의 커다란 위턱을 보며 몸이 얼음처럼 빳빳하게 굳어지는 것을 느꼈다. 그래도 똥을 쏘면 놈도 꼼짝 못 하리라. 그때 말벌은 불쑥 뜻밖의 말을 던졌다.

"말벌한테 무슨 일을 당했는지는 모르지만, 이해해라."

철갑똥파리는 꽁지를 다듬거리며 물었다.

"너…… 말벌 맞아?"

"보다시피. 그런데 어쩌다가 우리 말벌들을 안 좋게 보는 거야?"

말보단 주먹이 앞선다는 말벌이라지만, 이 말벌은 왠지 말이 통할 것 같다. 철갑똥파리는 말 통할 것 같은 말벌에게 말했다.

"내 친구 꿀벌을 너희가 괴롭히잖아."

말벌은 한숨을 쉬며 대꾸했다.

"그건 어쩔 수 없는 일이야."

"왜?"

"우리는 꿀을 만들지 못하거든."

"그렇다고 남의 것을 빼앗는 것은 안돼."

말벌은 또다시 한숨을 쉬며 푸념하듯 말했다.

"우리는 남의 것을 빼앗지 않고서는 살아갈 수 없는 존재야. 애초에 그렇게 태어났어."

무당벌레가 등갑 사이로 샌님 같은 주둥이만 삐죽 내밀며 물었다.

"그래도 넌 다른 말벌들이랑 많이 다르구나."

"말벌이라고 다 나쁜 건 아니야."

그제야 안심한 듯 무당벌레는 눈을 반쯤 내밀며 밖을 내다보았다. 그렇지만 말벌의 늠름한 위턱을 보자 또다시 몸을 움츠러들었다. 싱겁게 웃으며 말벌이 농을 던졌다.

"걱정하지 마. 잡아먹지 않을 테니……."

철갑똥파리는 말벌에게 사과의 말을 건넸다.

"너희를 싸잡아 안 좋게 말한 거 미안해."

"너도 그럴 만하니 그런 거겠지."

철갑똥파리와 말벌은 사이좋게 악수했다. 무당벌레가 고개를 반쯤 내밀며 말벌에게 물었다.

"어디 가는 길이었어?"

말벌은 고개를 갸웃거리며 답했다.

"아니. 어딘가 목적지를 정해 놓고 가는 건 아니고, 그냥 이곳저곳 기웃거리는 거지."

"너도 떠돌이 신세인 거야?"

"집이 있긴 한데, 나랑은 안 맞아."

"그럼 우리 같이 떠돌아다닐래?"

철갑똥파리는 무당벌레의 말에 재빨리 맞장구쳤다.

"그래. 너와 함께라면 든든할 것 같아."

"글쎄……. 그건 좀……."

그때 어디선가 다급한 목소리로 도움을 요청하는 소리가 들려 왔다.

"베짱이 살려."

무당벌레는 소리 나는 곳을 정확히 방향을 짚어 내어 날아올랐다. 철갑똥파리도 무당벌레의 뒤를 따랐다. 무당벌레의 뒤를 쫓아 날아가 보니, 베짱이 하나가 가시덤불 사이에 몸이 끼어 오도 가도 못하는 상황에 빠져 있었다.

무당벌레는 위기에 빠진 베짱이에게 물었다.

"이런. 가시덤불 속엔 왜 들어간 거야?"

"이런 곳에 들어오고 싶어 들어왔겠니? 바보 같은 소린 집어치우고, 어서 꺼내 주기나 해."

베짱이의 말에 무당벌레의 얼굴색이 그의 등갑색깔 만큼이나 붉게 물들었다.

"뭐야? 지금 네가 도움을 바라고 하는 소리야?"

뒤따라온 말벌을 보며 베짱이가 소리쳤다.

"뭐야? 저건……."

가까이 다가온 말벌을 보며 베짱이는 말을 바꿨다.

"아냐. 난 여기 있는 편이 낫겠어."

철갑똥파리는 빙긋 웃으며 말했다.

"걱정하지 마. 말벌은 우리 편이야."

베짱이는 짐짓 말벌의 행동을 살피더니 투정 섞인 목소리로 말했다.

"가시가 내 몸을 찌르는 게 안 보여?"

"가만있어 봐."

철갑똥파리는 가시나무의 가시들이 서로 얽히고설킨 모양을 관찰했다. 삐죽 튀어나온 서너 개의 가시를 잘라 내면 베짱이는 무사히 빠져나올 수 있을 것 같다.

"뭘 자꾸 보기만 하는 거야?"

베짱이는 몸을 들썩였다. 그 덕에 튀어나온 가시에 옆구리를 살짝 긁혔다.

"아야! 아야야……. 아이고, 베짱이 죽네."

무당벌레가 베짱이에게 핀잔을 주었다.

"엄살떨지 말고 가만히 좀 있어 봐."

"엄살? 당하는 나는 얼마나 아픈데. 아야야, 아이고."

베짱이는 금방이라도 곡을 하며 자지러질 것 같았다. 철갑똥파리는 말벌에게 말했다.

"저 가시부터 잘라 내면 될 것 같아. 할 수 있겠어?"

"그야 물론이지."

말벌은 위턱으로 철갑똥파리가 말한 가시부터 잘라 내기 시작했다. 가시는 가위에 잘리듯 말벌의 위턱에 잘려 나갔다. 그새를 참지 못하고 베짱이가 울음을 터트렸다.

"아이고, 베짱이 죽네. 엉엉……."

철갑똥파리는 베짱이를 위로했다.

"이제 거의 됐어. 조금만 참아."

"아이고, 가시가 아니라 말벌 놈이 날 잡네."

말벌이 위턱으로 자기 몸을 해하는 줄로만 알았는지 베짱이는 울음을 그치지 않았다. 자기를 험하게 말하는 것에 아랑곳하지 않고 말벌은 잘라 낸 가시를 툭툭 털어 내며 말했다.

"이제 다 됐어."

"잉?"

베짱이는 미심쩍은 눈빛으로 주변을 살폈다. 자기 몸을 올가미처럼 옭아매던 가시들이 잘려 나가 바닥에 흩어져 있었다.

"이제 나와."

무당벌레가 참다못해 말했다. 베짱이는 조라떨듯 몸을 빼내며 가시덤불 밑에서 무언가를 건져 냈다. 철갑똥파리가 물었다.

"그게 뭐야?"

베짱이는 집어 든 것을 들어 보이며 말했다.

"풀피리."

무당벌레가 바특한 표정으로 물었다.

"그깟 풀피리 때문에 가시덤불에 뛰어든 거야?"

베짱이는 퉁바리 놓듯 말을 받았다.

"그깟 풀피리라니? 인생에 춤과 음악이 없으면 살아도 산 것 같지 않은 거야."

"잘났다, 정말."

"암, 잘났지."

무당벌레는 당연하다는 듯 말했다.

"애써 구해 줬는데 고맙다는 말도 없냐?"

"고맙지. 특히 말벌님껜 극진한 감사를 표해야지."

베짱이는 마치 중세시대의 귀족들이나 할 법한 인사법으로 뒷다리를 한 걸음 옮기며 말벌에게 허리 굽혀 인사했다. 그리고는 무당벌레를 앞발가락으로 콕 가리키며 말했다.

"너에겐 고마운 게 하나도 없어."

"흥! 너 따위에게는 고맙다는 말 듣고 싶지도 않아."

"따위라니? 어디서 똥이나 주워 먹게 생긴 게 피건방이야?"

"피건방이 아니라 시건방이겠지. 머리에 똥만 들게 생긴 짐승곤충아."

"뭐야? 너, 말 다했어?"

무당벌레와 베짱이는 서로를 향해 삿대질하며 달려들었다.

철갑똥파리는 둘을 뜯어말리느라 애를 먹었다.

"왜들 그래? 둘 다 참아."

"넌 분하지도 않아? 저따위 놈이 너까지 싸잡아 비난하잖아?"

"베짱이도 모르고 한 소리인 걸 뭘……."

무당벌레는 베짱이를 노려보며 씩씩거렸다. 베짱이 탓만 하느라 자기가 저지른 말실수에 대해서는 눈치채지도 못한 것 같다.

"뭐야?"

베짱이는 철갑똥파리를 향해 발가락질하며 놀란 표정으로 소리 질렀다.

"그럼, 너 똥파리였어?"

무당벌레가 또다시 움찔거렸다.

"어허, 저놈이."

철갑똥파리는 겸연쩍게 웃었다. 속으론 기분이 상했지만, 한편으론 이 상황이 우습기도 했다.

"헤헤헤!"

난데없이 베짱이는 배시시 웃으며 말벌에게 했던 식으로 철갑똥파리에게 허리 굽혀 인사했다.

"미안해. 그럴 의도는 없었으니 오해는 말아 줘."

"참 내, 기가 막혀서……."

무당벌레가 더듬이를 끌끌 찼다. 베짱이는 아무 일도 없었다는 듯 풀피리를 주둥이로 가져다 대며 말했다.

"고맙다는 뜻으로 풀피리 연주를 들려줄게."

"네놈의 연주 따위 들어 줄 기분 아니거든……."

무당벌레가 토라진 얼굴로 말했다. 그러거나 말거나 베짱이는 풀피리를 불기 시작했다.

'삐리릭 삐리리릭~.♬'

베짱이의 풀피리 소리가 풀숲에 울려 퍼졌다. 철갑똥파리는 자기도 모르게 등갑을 들썩였다. 무뚝뚝한 표정으로 가만히 있던 말벌도 날갯죽지를 들썩이며 리듬을 타기 시작했다.

'삐릭 삐리리.♪'

뾰로통한 무당벌레는 아무도 모르게 슬금슬금 뒷발을 까딱였다. 베짱이는 풀피리 연주를 하는 동시에 긴 뒷다리로 꼿꼿이 서서 춤까지 췄다.

'삐리리 통통! 삐리리 찰싹!'

철갑똥파리는 흥에 겨워 똥배를 두들기며 콧노래를 불렀다. 말벌은 날개를 찰싹찰싹 비비며 힙합 뮤지션 같은 소리를 냈다. 무당벌레도 이에 질세라 빙글빙글 돌며 춤을 추었다. 반질반질한 무당벌레의 둥글고 빨강등갑이 팽이처럼 뱅그르르 돌며 반짝반짝 빛났다.

말벌, 베짱이,
무당벌레와 모험을 떠나다

밤이 되어 사방이 어두워졌다. 철갑똥파리와 무당벌레는 우두커니 앉아 서로의 얼굴을 쳐다보았다. 풀죽은 모습으로 무당벌레가 입을 열었다.

"말벌은 갔나 보네……."

"아무래도 우리랑 어울리기에는 좀 그렇지."

"간다는 곤충 말릴 수는 없지만, 그래도 인사 정도는 하고 가지……."

무당벌레는 멀찌감치 떨어져 딴청 피우고 있는 베짱이에게 말을 툭 던졌다.

"야, 베짱아. 넌 언제까지 우릴 따라 다닐 거냐?"

비스듬히 누운 자세로 콧방귀를 뀌며 베짱이가 대꾸했다.

"누가 너희를 따라 다닌다 그래?"

"낮부터 겨 묻은 삽사리처럼 졸졸 따라다녔잖아?"

"난 그런 적 없어. 너희가 나를 쫓아다닌 거지."

무당벌레가 빈정거리는 투로 받아쳤다.

"네가 뭐가 예쁘다고 쫓아다니겠냐?"

"내 풀피리 소리에 반한 거겠지."

"참 내, 기가 막혀서……."

무당벌레는 더듬이를 끌끌 차며 베짱이에게 소리를 빽 질렀다.

"구해 줬으면 이제 네 갈 길 가라. 괜히 따라붙어서 비렁뱅이같이 얻어먹을 생각 말고……."

칠갑똥파리는 무당벌레를 다독였다.

"왜 그래? 베짱이 덕에 즐거웠잖아."

"풀피리소리는 좋아도, 베짱이는 싫어."

그 말을 하고는 무당벌레는 쌩하니 돌아누웠다. 칠갑똥파리는 베짱이에게 진디단물(진딧물이 분비하는 달콤한 젤리)을 건네주며 말했다.

"베짱아, 이리 오련."

"정 그렇다면야."

베짱이는 못 이기는 척 일어나 슬금슬금 다가왔다. 베짱이를 보는 무당벌레의 얼굴이 불개미에게 쏘이기라도 한 것 같은 표정이다. 무당벌레의 힐난하는 눈초리를 의식하며 베짱이가 지나가는 목소리로 말했다.

"내 풀피리 소리에 제일 신나서 떠들어 놓곤……."

"뭐야?"

무당벌레가 움찔거렸다. 철갑똥파리는 둘 사이에 또다시 시비가 붙을까 걱정스러웠다. 그때였다. 나뭇잎을 헤치고 말통하는 말벌이 나타났다. 말벌의 앞발엔 곤충이라면 모두가 좋아할 만한 개살구 열매가 들려 있었다. 탐스러운 먹을거리와 함께 옆구리에 반딧불이 한 마리를 차고 나타난 말벌을 모두가 반겼다.

"말벌아! 우리와 함께할 거야?"

환한 미소를 머금으며 말벌이 답했다.

"응. 그런데 한 가지 부탁이 있어."

동그래진 철갑똥파리의 눈을 보며 말벌은 진지한 낯빛으로 말했다.

"꿀벌을 찾는다고 했지?"

"응."

말벌은 앞발에 든 개살구 열매를 바닥에 펼쳐 놓으며 말했다.

"꿀벌을 찾으면 여왕벌을 만나게 해 줘."

"그거야……."

미처 답을 하기도 전에 베짱이가 개살구 열매에 달려들며 주둥이가 찢어져라 웃었다. 무당벌레도 개살구 열매에 앞발을 뻗으며 물었다.

"그 반딧불이는 뭐야?"

"어둠을 밝혀 줄 거야."

말벌은 옆구리에 차고 있던 어린 반딧불이를 내려놓았다. 반딧불이를 중간에 두고 철갑똥파리와 말벌, 무당벌레와 베짱이가 빙 둘러앉았다. 말벌이 반딧불이의 궁둥이를 툭 치자 반딧불이 시나브로 빛을 발하기 시작했다. 그 모양이 정말이지 모닥불을 밝혀 놓은 것 같았다.

"이야, 이거 좋은데?"

베짱이와 무당벌레는 반딧불을 쬐며 즐거워했다. 철갑똥파리는 어린 반딧불이를 보며 마음이 편치만은 않았다. 철갑똥파리는 어린 반딧불이에게 개살구 열매를 나눠 주며 속삭였다.

"곧 풀어 줄게."

베짱이는 말벌이 가지고 온 먹이를 축내기 시작했다. 무당벌레도 말벌이 구해 온 개살구 열매를 게걸스럽게 먹었다. 실컷 먹었는지 베짱이는 목청을 한껏 가다듬고는 노래를 불렀다.

"반딧불 밝혀 놓고 벗들이 도란도란.♪

달빛이 모락모락, 꿈같은 시간 동안.♬

별빛은 아스라이, 추억은 방울방울.♯"

베짱이는 풀피리를 연주했다. 구슬픈 듯 아스라이 잦아드는 풀피리 소리가 밤의 정취를 물씬 풍겼다. 베짱이를 앙숙처럼 갈굼질하던 무당벌레도 이때만큼은 조용했다.

'쇄아악~.'

그때였다. 사방이 대낮처럼 밝아지는 신기한 일이 벌어졌다. 무당벌레는 벌써 하늘에 동이 텄나 싶어 두 눈을 말똥거렸다. 베짱이는 자기 노랫소리에 반해 천사들이 내려왔나 싶어 두 눈을 희번덕거렸다.

철갑똥파리도 밝아진 주변을 살폈다. 돌아보니 까마득하게 많은 반딧불이가 꼬리에 불을 밝힌 채 다가오고 있었다. 그들의 앞발엔 하나 같이 몽둥이가 들려 있었다. 그들의 고함소리가 밤하늘에 쩌렁쩌렁 울렸다.

"힘없는 이들을 괴롭히는 짐승곤충을 때려잡자."

반딧불이 중에서도 우두머리로 보이는 강한 빛을 내는 반딧불이가 나서며 외쳤다.

"언제까지 당하고 살 수는 없다. 기필코 짐승곤충 놈들의 모가지를 비틀어 버리겠다."

무당벌레와 베짱이는 물론이고, 말벌도 당황해서 어찌할 바를 몰랐다. 사방으로 에워싼 반딧불이들이 불을 밝히는 통에 마땅히 도망갈 곳도 없었다. 구급차 전등처럼 불을 깜박이며 우두머리 반딧불이가 외쳤다.

"납치범들은 나와서 죗값을 받아라."

수많은 반딧불이가 일제히 몽둥이를 들고 똥파리 일행을 겨냥했다. 무당벌레와 베짱이는 오들오들 떨며 덩치 큰 말벌 뒤로 숨었다. 철갑똥파리가 나서며 말했다.

"왜들 이러는 거야?"

우두머리 반딧불이가 소리쳤다.

"네놈들의 악한 소행이 불을 보듯 빤한데, 왜 그러냐니?"

"우리는 납치범이 아니야."

"그럼 네놈들이 잡아간 그 반딧불이는 뭐냐?"

모닥불처럼 밝혀 놓은 어린 반딧불이를 보며 철갑똥파리는 난처해졌다. 말벌은 적잖이 당황했다. 그 틈을 놓치지 않고 우두머리 반딧불이가 말했다.

"자, 여기 증인이 있다."

모닥불 반딧불이의 또래로 보이는 애들이 나와 줄줄이 한 마디씩 했다.

"우리가 냇가에 앉아 개살구 열매를 먹으려는데, 말벌이 나타났어요."

"말벌은 우리 먹을 것을 빼앗았어요."

"길을 밝혀야겠다며 내 친구도 강제로 데려갔어요."

철갑똥파리는 어안이 벙벙해져서 무슨 말을 어떻게 해야 할지 몰랐다. 좀 전에 말벌이 구해 온 개살구 열매를 맛나게

먹으며 히죽일 때를 잊어버린 듯 매서운 얼굴로 무당벌레가 말벌을 다그쳤다.

"너의 무분별한 행동에 대해 책임을 져야 할 거야."

베짱이도 말벌을 쏘아보며 말했다.

"너 때문에 우리까지 위험에 빠졌잖아."

우두머리 반딧불이가 이마에 난 더듬이를 기다랗게 곧추 세우며 말했다.

"네놈들의 주둥이가 열 개라도 할 말이 없겠지. 자, 이놈들을 꽁꽁 묶어라."

철갑똥파리는 이대로 가만히 있을 수 없었다. 그렇다고 마땅히 할 말도 없었다. 그때 무당벌레가 샌님 같은 주둥이를 삐죽거리며 말했다.

"잠깐! 그 애들은 모두 피해자라 주장하는 쪽의 증인이잖아. 우리도 말할 수 있게 해 줘."

우두머리 반딧불이가 더듬이를 끌끌 차며 말했다.

"가당치 않지만 들어 주지. 우리는 짐승곤충 같은 네놈들과는 다르니까……."

철갑똥파리는 말벌에게 말했다.

"난 너를 믿어. 넌 그런 친구가 아니라는 것을 알고 있어. 이게 다 어떻게 된 거야?"

말벌은 눈을 내리깔고 잠자코 있기만 할 뿐 아무 말이 없었다. 답답함을 참지 못하고 무당벌레가 소리쳤다.

"뭐라고 말 좀 해 봐. 도대체 어떻게 된 일이야?"

무당벌레와 베짱이가 말벌의 몸을 잡고 흔들어도 말벌은 꼼짝도 하지 않았다. 우두머리 반딧불이가 코웃음을 쳤다.

"무슨 핑계를 댈까 궁금했는데, 이제는 핑곗거리도 생각나지 않는가 보구나. 자, 이놈들을 잡아라."

망나니 춤을 추던 반딧불이들이 똥파리 일행에게로 다가왔다. 우두머리 반딧불이가 눈에 불을 켜며 말했다.

"네놈들은 날개 달린 곤충의 수치다. 네놈들같이 추악한 놈들은 하늘을 날아다닐 자격이 없어. 이놈들의 날개를 잘라 버려라."

반딧불이의 판결을 듣자마자 베짱이는 자지러지며 기절했다. 철갑똥파리도 눈앞이 깜깜해지는 것을 느꼈다. 무당벌레가 항변했다.

"날개를 잃는 것은 목숨을 잃는 것보다 더 나빠. 처음인데, 너무 가혹하지 않아?"

우두머리 반딧불이가 딱 잘라 말했다.

"네놈들 말벌은 항상 그래 왔다. 처음 있는 일이 아니야."

무당벌레는 울먹이는 목소리로 말했다.

"우리는 오늘 말벌을 처음 만났어. 말벌과 함께 꾸민 일이 아니야."

시큰둥한 눈빛으로 우두머리 반딧불이가 무당벌레를 쏘아보았다.

"그렇다면 네놈의 날개는 한쪽만 떼어 내겠다. 뭣들 하느냐? 이놈들의 날개를 떼어 버려라."

망나니 반딧불이들이 꽁지에 불을 켜며 달려들었다. 철갑똥파리는 말벌이 끝끝내 말이 없는 이유가 궁금했다.

"잠깐."

베짱이가 언제 정신을 차렸는지 다 죽어 가는 목소리로 외쳤다. 베짱이는 눈물을 삼키며 말했다.

"죽을 뻔한 나를 살려 준 게 말벌이야. 나 하나 희생하겠으니 모두를 용서해 줘."

한 대 얻어맞은 것처럼 무당벌레의 주둥이가 떡하니 벌어졌다. 철갑똥파리는 베짱이의 말에 가슴이 뭉클해지는 것을 느꼈다.

우두머리 반딧불이는 가차 없이 답했다.

"그게 소원이라면 네놈부터 날개를 떼어 내주겠다. 용서는 네놈들 모두 죗값을 치른 후에 해 주겠다."

베짱이는 그 말을 듣고서 또다시 기절했다. 망나니 반딧불이들이 다가서는 순간, 어디선가 자그마한 목소리가 났다.

"아니에요. 모두 거짓이에요."

모두가 소리 난 곳을 돌아봤다. 모닥불 반딧불이가 작지만 당당한 목소리로 말했다.

"우리는 냇가에서 놀고 있었어요. 그때 말벌이 다가왔어요. 우리는 무서웠어요. 그래서 배운대로 했어요. 말벌을 만나면 뭐든 다 내주라는 가르침대로요. 그렇지만 말벌은 한사코 거절하며 받지 않았어요. 그런 걸 우리는 배부르다며 한사코 말벌에게 개살구 열매를 주었어요."

우두머리 반딧불이는 모닥불 반딧불이에게 물었다.

"그래? 그렇다면 너를 강제로 데려간 이유는 뭐냐?"

"제가 자발적으로 따라갔어요. 밤길을 밝혀 주는 것은 우리 반딧불이의 일 아닌가요?"

어린 모닥불 반딧불이의 말이 끝나자 사방에 찬물을 끼얹은 듯 조용해졌다. 침묵을 깨고 우두머리 반딧불이가 더듬이를 다시며 말했다.

"좋다. 미심쩍긴 하지만 말벌은 죄가 없어 보인다. 말벌의 떨거지들에게도 무죄판결을 내리겠다. 너희는 자유다."

철갑똥파리와 무당벌레는 가슴을 쓸어내렸다. 정신을 차린 상태였다면 필시 방방 뛰어다니며 춤추고 노래 불렀을 베짱이는 평온하게 잠자고 있는 듯 보였다.

모닥불 반딧불이는 철갑똥파리에게 눈길을 한 번 주고는 자기 무리로 돌아갔다. 우두머리 반딧불이는 일행을 이끌고 사라졌다. 반디 불빛이 저 멀리 사라지는 것을 보며 말벌이 참아 왔던 한숨을 터트렸다.

"휴~, 다행이다."

철갑똥파리도 길게 한숨을 내쉬었다. 무당벌레가 말벌에게 다가와 쑥스럽게 웃으며 사과했다.

"미안해, 친구."

"내가 미안하지. 나 때문에 큰일 치를 뻔했잖아."

그때 일벌들이 벌침을 쏘며 말벌을 공격했다. 말벌은 그들의 공격을 민첩하게 피했다. 그렇지만 뒤에 있던 철갑똥파리가 그만 벌침에 쏘이고 말았다. 말벌은 철갑똥파리를 안아 들고 일벌들의 공격을 피해 개울가 수풀이 우거진 곳으로 숨었다.

벌침에 쏘인 철갑똥파리의 몸이 퉁퉁 부어올랐다. 철갑똥파리는 의식을 잃고 고열에 시달렸다. 무당벌레는 시원한 개울물에 앞발을 적셔 철갑똥파리의 몸을 식혔다. 그렇지만 철갑똥파리의 몸은 난로처럼 펄펄 끓어오르기만 했다. 급기야 철갑똥파리는 의식을 잃고 헛소리를 했다.

"꿀파리, 꽃똥. 으아아……. 꽃파리."

자꾸 헛소리하는 철갑똥파리를 보며 베짱이가 울먹였다.

"어떡하지? 이대로 죽을지 몰라. 자기 보고 꽃파리래."

무당벌레는 깊은 한숨만 내쉬었다. 그 와중에 철갑똥파리의 몸을 열심히 주물러 대는 말벌의 행동이 의아했다.

"이렇게 해야 피가 굳는 것을 막을 수 있어."

말벌이 열심히 주무른 덕인지 철갑똥파리는 잠깐 의식을 되찾았다. 다 죽어 가는 얼굴로 베짱이가 물었다.

"괜찮아?"

"으…… 응, 소원이 있어."

"뭔데?"

"또…… 똥이 먹고 싶어."

"알았어. 금방 구해 올게."

씩씩하게 답하고는 말벌은 곧장 날아올랐다. 무당벌레가 철갑똥파리의 등갑을 다독였다.

"이제 괜찮아질 거야. 무엇을 먹고 싶다는 것은 이제 곧 몸이 낫는다는 뜻이야."

"그렇지? 나…… 나도 어쩔 수 없는 똥파리인가 봐."

"똥파리가 어때서……."

그때 잠시 안 보이던 베짱이가 앞발에 무언가를 들고 소리쳤다.

"내가 싼 똥은 어때?"

어느 틈에 똥을 한 사발이나 싸 들고 온 베짱이가 이죽거리듯 웃었다. 철갑똥파리는 옅은 미소와 함께 답했다.

"고…… 고마워. 그렇지만 우린 곤충의 똥은 먹지 않아."

"그래? 너희도 음식을 가리는구나."

베짱이는 괜스레 주둥이를 샐쭉거렸다. 철갑똥파리는 한층 또렷해진 목소리로 말했다.

"네 똥을 물에 개어 상처에 발라 줄래?"

"그렇지? 그게 좋겠지?"

베짱이는 얼굴에 희색이 돌아 자기가 싼 똥을 들고 개울가로 달려갔다. 베짱이가 사라지자마자 말벌이 부리나케 내려앉으며 말했다.

"똥 가져왔어."

"이렇게나 빨리?"

"똥이야 어디든 널려 있으니까."

철갑똥파리는 말벌이 가져온 똥을 음미했다. 좀 오래됐는지 마른 비스킷처럼 딱딱했지만, 맛과 영양이 두루 갖춰진 질 좋은 똥이었다. 감미로운 똥 맛이 부드러운 바람에 흔들리듯 더듬이 끝에 오래도록 남았다. 전문가의 식견으로 볼 때 어린 꽃사슴이 들녘 어린 순잎을 먹고 어제 저녁 즈음에 싼 똥일 것이다.

"고마워. 이제 좀 자야겠어."

철갑똥파리는 기절하듯 곯아떨어졌다. 똥을 먹어서인지 불덩이 같던 철갑똥파리의 몸이 차츰 식어 갔다. 말벌은 잎사귀를 엮어 지붕을 만들고, 철갑똥파리가 누운 자리를 아늑하게 꾸몄다.

다시 위기에 빠진 철갑똥파리

낮에는 불덩이같이 뜨거웠던 철갑똥파리의 몸이 밤에는 얼음장처럼 차가워졌다. 엎친 데 겹친 격으로 그날 저녁, 폭풍이 불었다. 차가운 빗줄기와 매서운 바람이 말벌이 만든 잎사귀 지붕을 간단하게 날려 버렸다. 말벌은 철갑똥파리를 안아 들고 빗속을 날아 바위 틈새를 찾아 들어갔다.

철갑똥파리는 몸을 바들바들 떨며 헛소리를 했다. 무당벌레와 베짱이는 철갑똥파리를 안아 온기를 전달했다.

'휘이잉~.'

바위틈새 동굴은 비바람을 막을 만큼 깊지 않았다. 말벌은 바위틈으로 들어오는 찬바람을 막기 위해 무거운 돌멩이를 날랐다.

'휘이잉 휘잉~. 쏴아악.'

폭풍우는 끝날 것 같지 않은 빗줄기와 함께 다음 날도 또 다음 날도 계속되었다. 말벌은 끝도 없이 돌멩이를 날라 와서 틈새를 막았다. 철갑똥파리는 의식의 끝에서 기나긴 꿈을 꾸었다. 날이 밝아, 십자가 모양 바위 틈새로 빛이 쏟아졌다. 철갑똥파리는 눈을 떴다. 간밤에 무슨 일이 있었는지 모르지만, 벗들의 모습은 흡사 전쟁이라도 치른 듯 보였다.

"일어나. 무슨 일이야?"

철갑똥파리는 자기 몸을 무겁게 짓누르고 있는 베짱이의 뒷다리를 치웠다. 무당벌레는 게슴츠레 눈을 뜨다가 화들짝 놀랐다.

"괜찮아? 살아난 거야?"

"응, 괜찮아. 그런데 말벌은?"

말벌을 찾는 것은 그다지 어려운 일이 아니었다. 바로 코앞 바위 동굴 입구에 우두커니 누워 있었으니까. 그런데 그 모습이 이상했다. 아랫배부터 가슴까지 돌멩이에 깔린 채였고, 곧 바스라질 것처럼 날갯죽지도 축 늘어져 윤기가 하나도 없었다.

"말벌아!"

철갑똥파리와 무당벌레는 말벌을 짓누르고 있는 돌멩이를

하나둘 걷어 냈다. 그렇지만 말벌의 가슴팍을 짓누른 조막만 한 돌멩이는 셋이 힘을 합쳐도 꿈쩍도 하지 않았다.

"말벌이 죽었나 봐?"

금방이라도 울음을 터트릴 것 같은 표정으로 베짱이가 말했다.

"아니야. 그럴 리 없어."

철갑똥파리는 말벌의 가슴에 귀를 기울였다. 아무 소리도 들리지 않았다. 어디서 찾아왔는지 나뭇가지 하나를 가져오며 무당벌레가 말했다.

"지렛대를 만들어 돌을 걷어 내자."

철갑똥파리와 무당벌레, 그리고 베짱이는 힘을 합해 지렛대에 힘을 주었다. 그렇지만 말벌을 짓누른 돌멩이는 꿈쩍도 하지 않았다.

"자, 다시 한 번."

철갑똥파리는 지렛대를 힘껏 눌렀다. 지렛대에 힘을 주고 있자니 벌에 쏘인 상처 부위가 옴팡 쑤셔 왔다. 이렇게 무거운 바윗덩이가 밤새 말벌을 짓누르고 있었다면……. 절망 속에서 아무리 희망적으로 생각하려 해도 반갑지 않은 모범답안처럼 정해진 운명이 불쑥 손을 내미는 것 같았다. 무당벌레가 말했다.

"지렛대를 더 길게 잡고 더 짧게 붙여."

무당벌레의 말대로 하니 꿈쩍도 하지 않던 돌멩이가 조금씩 들썩이기 시작했다. 철갑똥파리는 상처의 아픔 따윈 잠시 잊고 지렛대를 힘껏 눌렀다. 그제야 돌멩이가 굴러 옆으로 비켜났다.

철갑똥파리는 말벌을 마른 땅에 뉘이고 인공호흡을 했다. 그렇지만 말벌은 싸늘한 미소를 머금은 채 미동도 하지 않았다.

"안 돼. 살아야 해."

"그…… 그만해. 말벌은 죽었어."

베짱이는 흐느껴 울며 철갑똥파리를 말렸다.

"이대로 죽게 놔둘 순 없어."

철갑똥파리는 그렇잖아도 무거운 바윗덩이에 짓눌려 있던 말벌의 가슴팍을 마구 때렸다. 무당벌레는 눈물을 삼키며 철갑똥파리를 다독였다.

"그만하자. 너도 무리하면 안 돼. 말벌은 죽었어."

철갑똥파리는 말벌을 부둥켜안고 울었다. 그때였다. 새벽빛이 또렷하게 밝아 오며 희미한 말소리가 들렸다.

"누…… 누가 죽었다고 그래?"

"어? 말벌이다. 말벌이 살아났다."

철갑똥파리와 무당벌레, 베짱이는 누가 먼저라고 할 것도 없이 말벌에게 달려갔다.

"살았어? 정말 괜찮은 거지?"

"으…… 응, 너희가 어떻게 하나 보려고 잠시 죽은 척했던 거야."

말벌은 가쁜 숨을 몰아쉬며 제법 농을 던졌다.

"나빠. 이런 짐승곤충."

철갑똥파리는 자기가 뱉어 놓은 말에 스스로 놀라 흠칫했다. 모두 서로의 얼굴을 기웃거리듯 바라보는데, 갑자기 웃음이 터졌다.

"하하하, 우헤헤……, 흐흐흐."

구름을 걷어 낸 새벽 태양이 바위 동굴 틈새로 빛을 쏟아냈다.

베짱이는 앞발에 무언가를 감추며 말했다.

"먹을 거 구해 왔어."

"이렇게나 빨리?"

베짱이는 앞발에 든 것을 내밀었다. 꽤 먹음직한 개살구 열매였다. 철갑똥파리는 베짱이에게 물었다.

"어떻게 구했어?"

"구할 만한 데서 구했지."

그 말을 하는 베짱이의 얼굴이 왠지 모르게 의미심장해 보였다. 철갑똥파리는 불어나는 의심을 거두어들일 수 없었다.

"그게 무슨 말이야?"

시장기 가득한 얼굴로 말벌이 군침을 흘리며 말했다.

"먹을 거 앞에 두고 무슨 말이 그리 많아? 잔소리 말고 어서 먹자."

말벌은 개살구 열매를 집어 들고 위턱으로 잘라 정확히 사등분 했다. 베짱이가 말했다.

"난 먹었으니, 너희나 많이 먹어."

"그래? 그렇다면야."

말벌은 개살구 열매를 허겁지겁 먹었다. 그 모양을 보며 철갑똥파리는 자기 몫을 떼어 말벌에게 주었다.

"넌 우리보다 몸집이 크니 많이 먹어."

"괜찮아."

말은 그렇게 했지만, 말벌은 철갑똥파리가 건네준 개살구 열매를 흔쾌히 받아먹었다. 베짱이는 아까부터 안쪽 구석으로 가서 땅을 파기 시작했다. 그 모양이 궁금해 철갑똥파리가 물었다.

"베짱아, 뭐해?"

"너희 방을 만들고 있어."

베짱이는 벌써 숨찬 기색이었다.

"힘들게 그러지 마."

"아니야. 또 폭풍이 오기라도 하면 어쩔 거야? 이렇게 안쪽 깊숙이 보금자리를 마련해야 안전하지."

베짱이는 열심히 땅을 팠다. 파낸 흙을 나르는 베짱이를 보며 말벌은 싱긋 웃었다. 저녁이 되어 어둑어둑한 땅거미가 질 무렵, 무당벌레가 바위 동굴에 돌아왔다. 무당벌레는 달라진 바위 동굴 내부를 둘러보며 더듬이를 내둘렀다.

"우와, 좋다!"

바위 동굴 안은 훨씬 넓어지고 깊어져 있었다. 철갑똥파리가 보란 듯이 말했다.

"베짱이가 땅을 파고 방을 만들었어."

"정말?"

믿기지 않는다는 듯 무당벌레는 눈을 커다랗게 떴다. 베짱이는 더듬이를 쌜쭉거렸다.

"네 방도 만들었어."

"게으름뱅이인 줄 알았더니 제법인데?"

"아직도 예전의 나인 줄 알아?"

베짱이는 으쓱해져서 날갯죽지를 들썩였다. 말벌은 무당벌레를 위해 남겨 둔 개살구 열매를 가져왔다.

"자, 베짱이가 너 주라고 개살구 열매를 가져왔어."

"믿기지가 않아. 베짱이가 웬일이래?"

무당벌레는 고개를 절레절레 흔들며 등갑날개에 숨겨 둔

진디단물을 꺼냈다.

"자, 이거랑 같이 먹자."

"우와! 진디단물이다."

철갑똥파리와 무당벌레, 말벌과 베짱이는 사이좋게 모여 앉아 진디단물을 먹었다. 젤리처럼 탱글탱글하고 설탕물처럼 달짝지근한 진디단물이 이보다 맛있을 수 없었다. 베짱이가 진디단물을 쪽쪽 빨아 먹으며 무당벌레에게 물었다.

"꿀벌에 대해선 알아봤어?"

"도통 찾을 수가 없네."

"그래?"

무당벌레는 금세 쾌활한 목소리로 말했다.

"그래도 좋은 방법을 생각해 냈어."

"그게 뭔데?"

다들 궁금해하며 이구동성으로 물었다. 무당벌레가 답했다.

"아카시아 꽃이 피기 시작했지 뭐야."

"아카시아 꽃?"

"많은 벌이 꽃물을 따려고 아카시아 꽃나무에 몰려들 거야."

베짱이는 앞발을 들어 만세를 불렀다.

"우와! 잘하면 똥파리 친구도 거기 있겠네?"

평소 똥파리란 말에 민감한 철갑똥파리를 살피며 무당벌

레가 베짱이에게 눈치를 주었다. 그렇지만 베짱이는 천진난만한 표정으로 아무렇지도 않은 듯 행동했다.

철갑똥파리는 베짱이만큼이나 천진한 표정으로 똥배를 두들기며 일어났다.

"베짱아, 풀피리 소리를 들려줘."

개미군단의 공격을 받은 철갑똥파리 일행

무당벌레는 새벽녘에 깜짝 놀라 잠에서 깼다. 개미들이 사각거리며 다가오는 소리가 들렸다. 밖을 보니 개미떼가 절도 있는 발걸음으로 바위 동굴을 향해 다가오고 있었다.

"애들아! 일어나 봐."

얼떨결에 잠에서 깬 철갑똥파리는 밖을 내다보았다. 군단을 형성한 개미들이 죽 늘어서 바위 동굴을 에워싸고 있었다.

"무슨 일이지?"

철갑똥파리는 서둘러 말벌을 깨웠다. 말벌은 전투대열로 길게 늘어선 개미군단을 보고 인상을 찌푸렸다.

"나는 어디 가나 환영받지 못하는 존재인가 보군."

철갑똥파리는 말벌의 말을 들으며 한 가지 짚이는 게 있었다.

"베짱아, 네가 어제 무슨 일을 했는지 밝혀야 할 거야."

베짱이는 어리둥절한 표정으로 눈을 비볐다.

"내가 무엇을 했다고 새벽부터 이 난리지?"

철갑똥파리는 베짱이를 매섭게 쏘아보았다.

"어제 네가 가져온 개살구 열매, 도대체 어디서 난 거야?"

"날 의심하는 거야?"

베짱이는 아직도 잠이 덜 깬 얼굴로 두 눈을 끔벅였다. 그때 바위 동굴 입구에서 아지랑이 같은 연기가 피어났다. 전투 경험이 많은 말벌이 소리쳤다.

"불개미다."

밖을 에워싼 불개미들은 바위 동굴 입구를 향해 화살 쏘듯 위산을 쏘았다. 불개미들이 쏜 위산이 땅에 닿으며 독한 가스를 뿜어냈다.

"어떡하지?"

"꼼짝없이 갇혀 버렸어."

말벌도 어찌할 바를 몰라 허둥거렸다. 바위 동굴 입구에 연기가 자욱하게 피어올랐다. 무당벌레가 소리쳤다.

"안 되겠어. 더 늦기 전에 뚫고 나가야 해."

말벌이 말했다.

"안 돼. 그건 놈들이 원하는 거야."

"무슨 소리야?"

"불개미 위산에 쏘여 날개가 녹을 거야. 놈들은 우리가 일부러 그러길 바라고 있을 거야."

"그럼 어떡해?"

모두가 발을 동동 구르고 있을 때 베짱이가 소리쳤다.

"반대쪽으로 도망가자."

베짱이는 어제부터 땅을 파던 곳을 파내기 시작했다. 삽처럼 생긴 앞발로 열심히 땅을 파며 긴 뒷다리로는 파낸 흙을 퍼냈다.

"할 수 있겠어?"

"응. 이쪽 지반이 약하더라고. 조금만 파면 끝이 나올 거야."

베짱이는 풀피리 연주 솜씨만큼이나 훌륭하게 땅을 파냈다.

"입구를 막자."

무당벌레는 불개미 위산이 독한 연기로 퍼지는 것을 막기 위해 흙을 집어 던졌다. 그럴수록 수많은 불개미가 불화살처럼 위산을 쏘았다. 불개미 위산이 부식되며 나오는 독한 연기에 눈이 따갑고 머리가 어지러웠다. 이대로는 연기에 질식해 정신을 잃을 것 같다.

말벌이 베짱이에게 소리쳤다.

"아직 멀었어?"

베짱이는 죽을힘을 다해 땅을 팠다.

"이제 거의 됐어. 조금만 견뎌."

말벌은 돌멩이를 집어 던지며 불개미들이 위산 쏘는 것을 방해했다. 마침, 베짱이가 소리쳤다.

"됐어. 구멍이 뚫렸어."

신선한 바깥공기가 바늘구멍 같은 틈바구니에서 새어 나왔다. 베짱이는 구멍을 더욱 넓혔다.

"나가자."

베짱이와 무당벌레, 철갑똥파리가 차례대로 빠져나갔다. 말벌이 구멍을 빠져나오려다가 그만 몸통이 끼어 버리고 말았다.

"아!"

"어떡하지?"

철갑똥파리는 말벌을 힘껏 잡아당겼다. 그렇지만 말벌의 몸은 구멍에 꽉 끼어 꼼짝도 하지 않았다. 무당벌레가 말했다.

"이대로는 구멍을 넓힐 수가 없어."

무당벌레는 말벌의 머리를 눌러 동굴 안으로 집어넣으려 했다. 그렇지만 구멍에 낀 말벌의 몸은 꿈쩍도 하지 않았다. 오도 가도 못하는 말벌을 보며 모두가 발을 동동 굴렀다.

보다 못한 베짱이가 비장한 목소리로 말했다.

"말벌아, 잠깐 실례할게"

베짱이는 다짜고짜 말벌을 뒷다리로 세게 걷어찼다. 불시에 베짱이의 뒷다리에 얻어맞은 말벌은 비명을 질렀다.

"아이쿠!"

비명소리와 함께 말벌이 동굴 안으로 빠져 들어갔다. 베짱이는 있는 힘을 다해 구멍을 넓혔다. 그때 뒤에 있던 불개미 하나가 동굴 뒤쪽에서 벌어지는 일을 눈치 채고 음산한 소리를 내며 다가왔다.

'사각사각.'

그러자 수많은 불개미가 몰려 왔다. 불개미들이 내는 불길한 소리가 사방에서 메아리쳤다.

'사각사각, 사각사각.'

바위 동굴 안에서 말벌이 외쳤다.

"너희라도 도망가. 이대로는 모두 위험해."

철갑똥파리는 구멍을 넓히며 말했다.

"어서 빠져나와. 모두가 위험해지는 것을 바라지 않는다면……."

말벌은 몸을 내밀었다. 철갑똥파리는 말벌을 빼내기 위해 필사적으로 노력했다. 말벌의 몸이 거의 빠져나오려는 순간, 가까이 다가오던 불개미가 위산을 쏘았다.

철갑똥파리는 베짱이를 향해 총알처럼 날아오는 불개미

위산을 몸을 던져 등갑으로 막았다. 불쏘시개에 덴 것처럼 등에서부터 뜨거운 기운이 몸을 파고들었다. 그리고 이 모든 일이 순식간에 벌어졌다.

극적으로 구멍에서 빠져나온 말벌은 뛰어드는 불개미들을 크고 단단한 위턱으로 날려 버렸다. 그러고는 흙으로 철갑똥파리의 등갑을 덮어 불개미 위산을 닦아 내고는 품에 안고 황급히 날았다. 무당벌레와 베짱이도 재빨리 말벌의 뒤를 따랐다.

뒤에서 불개미가 쏜 위산이 아슬아슬하게 베짱이의 뒷다리를 지나쳤다. 신음소리와 함께 철갑똥파리는 베짱이에게 말을 건넸다.

"미안해. 널 믿지 않았어."

일벌 마을에 도착하다

철갑똥파리는 앞발로 등갑을 어루만졌다. 누군가 뒤에서 간지러운 바람을 부는 것 같아 견딜 수가 없었다. 조금이라도 긁적이면 금방 쓰라려서 함부로 긁을 수도 없는 노릇이었다.

무당벌레는 철갑똥파리의 등갑에 약초를 펴 바르며 놀리듯 말했다.

"이제 반들반들해졌네. 울퉁불퉁 못생긴 등갑이 보기 좋았는데……."

베짱이는 기타 치듯 빨래판 같은 아랫배를 튕기며 노래를 불렀다.

"며칠째인지 잠을 못 잤어.♬ 너에게 난 험난한 길.

그래도 난 꿈을 꾸며 달려간 거야. 내가 가진 모든 것은 너를 위한 것.♪"

말벌은 아침부터 어딘가에 다녀왔는지 푸접스럽게 땅에 내려앉으며 말했다.

"아카시아 꽃이 활짝 폈어."

말벌은 철갑똥파리의 등갑을 살펴보며 말했다.

"날 수 있겠어?"

"그럼! 내가 가진 거라곤 날개밖에 없는데……."

말은 그렇게 했지만, 철갑똥파리는 등이 화끈거려 제대로 날갯짓을 할 수 없었다. 아물었다고 생각했던 벌침 상처도 날개를 들썩이자 살짝 아려 왔다.

"안 되겠다. 나한테 업혀."

말벌이 가슴팍을 내밀며 말했다. 말벌의 가슴팍엔 돌멩이에 눌린 멍 자국이 아직도 조그맣게 남아 있었다.

베짱이가 주둥이를 삐죽거리며 말했다.

"벌들이 너를 보면 도망가거나 우릴 공격할 텐데……?"

"가까운 데 내려주고 난 숨어 있을게."

"좋아. 잘 따라오라고. 일벌들 눈에 안 띄게 조심하고."

무당벌레가 앞장서 날았다. 말벌은 철갑똥파리를 품에 안고 무당벌레를 뒤따랐다. 베짱이는 긴 뒷다리를 어색하게 접고 오리처럼 뒤뚱뒤뚱 날았다. 베짱이의 형편없는 비행 솜씨

덕분에 짬짬이 멈춰서 쉬어야 했지만, 철갑똥파리 일행은 해가 하늘 꼭대기에 도달하기 전에 아카시아 나무숲에 도달할 수 있었다.

"이야, 향기롭다."

아카시아 나무숲에 들어서자 진한 아카시아 향이 더듬이를 자극했다. 다른 동물이나 곤충들에겐 꽃향기가 좋을 수 있지만, 똥파리에게 꽃향기는 그다지 달갑지 않은 것이다. 철갑똥파리는 벌써 더듬이가 시큰해져 떫은 감 먹은 이처럼 행동했다.

그러고 보니 떨떠름한 꽃향기가 뭐가 좋다고 꽃밭에서 미적거렸는지, 그게 다 꿀벌을 만나려고 그리 한 건지, 철갑똥파리는 인연이란 참으로 기이하다고 생각했다.

"꽃향기, 참 좋다!"

속도 모르고 무당벌레가 말했다. 베짱이도 더듬이를 활발히 움직이며 말했다.

"천국이 있다면 온통 꽃향기로 가득한 곳일 거야."

말벌도 꽃향기에 취한 듯 덩달아 더듬이를 씰룩거렸다. 무당벌레는 말벌에게 주의를 시켰다.

"말벌은 여기 숨어 있어. 금방 갔다 올게."

"알았어."

수많은 일벌이 아카시아 나무숲을 향해 날아들고 있었다.

말벌은 누구에게도 들키지 않을 요량으로 수풀 밑으로 들어가 숨었다. 무당벌레와 베짱이는 철갑똥파리를 양옆에서 부축하며 날았다.

아카시아 나무숲에 가까워질수록 한층 진해지는 아카시아 향에 더듬이가 움찔움찔 떨렸지만, 철갑똥파리는 개의치 않기로 했다.

무당벌레는 수많은 일벌을 일일이 돌아보며 물었다.

"꿀벌 109호를 알아?"

철갑똥파리도 베짱이의 부축을 받아 가며 꿀벌을 찾아 이리저리 돌아다녔다. 그렇지만 일벌들은 묵묵히 일만 할 뿐 도통 말이 없었다.

"이대로는 안 되겠어. 무슨 좋은 수가 없을까?"

무당벌레가 지쳤는지, 고개를 설레설레 저으며 말했다.

"내게 좋은 생각이 있어."

베짱이는 풀피리를 꺼내 들어 가장 신나는 곡으로 풀피리를 연주하기 시작했다. 그렇지만 일벌들은 온통 꽃가루와 꽃물을 모으는 것에만 관심이 있는 것처럼 보였다. 일벌들 몇몇이 베짱이의 풀피리 연주 소리에 맞추어 콧노래를 부를 뿐 별 감흥이 없었다.

안 되겠다 싶었는지 무당벌레가 팽이처럼 빙글빙글 돌며 춤을 추었다. 무당벌레의 팽이춤 덕분인지, 일벌들이 일손을 멈추고 삼삼오오 모여들기 시작했다. 베짱이도 이에 질세라, 긴 뒷다리로 다이아몬드 스텝을 밟으며 춤을 추었다.

그러자, 꿀벌들은 날개를 붕붕거리거나 궁둥이를 씰룩거리며 너도나도 춤을 추었다. 어느새 아카시아 나무숲에는 꿀벌들의 즐거운 축제가 벌어졌다.

베짱이가 철갑똥파리에게 윙크를 보내며 말을 건넸다.

"메뚜기 잔치에 간 적이 있거든."

"뭐?"

베짱이는 풀피리를 연주하랴, 긴 다리를 휘저으며 춤을 추랴, 숨찬 목소리로 빠르게 말했다.

"그날 아침, 메뚜기를 만났어. 메뚜기 잔치 때 풀피리를 불어 준 게 고맙다고 개살구 열매를 주더라."

"아!"

철갑똥파리는 베짱이를 의심했던 게 다시 한 번 부끄러워졌다. 그리고 몸만 멀쩡하다면 이들과 어울려 춤을 추고 싶었다.

한바탕 춤판이 끝나고, 무당벌레가 모여 있는 일벌들에게 약장수처럼 떠벌리듯 말했다.

"자자, 우리가 날마다 오는 게 아니야. 꿀벌 109호를 아는 꿀벌 있으면 신명 나는 춤판을 한 번 더 벌여보자고."

꿀벌들은 고개를 갸우뚱거리며 꿀 먹은 벙어리처럼 말이

없었다. 그러고는 꽃물이 많은 아카시아 꽃을 찾아 하나둘 떠나가기 시작했다. 그러자 많은 벌이 이 빠진 옥수수마냥 우수수 빠져나갔다.

"뭐야? 괜히 힘만 뺐네."

빙글빙글 춤추느라 어지러웠는지, 고개를 절레절레 흔들며 무당벌레가 빈정거렸다. 그때 한 일벌이 조심스럽게 다가왔다.

"꿀벌 109호라 했지?"

반가운 기색을 하며 철갑똥파리가 물었다.

"꽃가루미소 꿀벌을 알아?"

다가온 일벌은 뚱한 표정으로 말했다.

"몰라. 그렇지만 우리는 대부분 천에서 만 단위가 넘어가는 일벌들이야."

"그게 무슨 뜻이지?"

"생긴 지 얼마 안 된 벌집의 꿀벌이라는 거지."

무당벌레가 빠르게 설명했다. 뚱한 표정의 일벌이 말을 이었다.

"밀밭 옆 꽃밭에서 동쪽으로 3리 떨어진 곳에 갓 벌집이 있다고 들었어."

"갓 벌집?"

"지어진 지 갓 되었다 해서 '갓 벌집'이라고 불러."

뚱한 표정의 일벌은 무심한 듯 날아갔다. 철갑똥파리 일행은 말벌이 있던 자리로 돌아갔다. 서산 너머 뉘엿뉘엿 기울고 있는 해님의 얼굴이 늙수그레해 보였다.

"제가 감옥에 가서 꿀벌을 만나겠어요"

베짱이와 말벌은 세상 모르고 자고 있었다. 그렇지만 철갑똥파리는 쉽게 잠을 이룰 수 없었다. 이제 내일이면 꿀벌을 찾겠구나 싶어 흥분도 됐지만, 정작 꿀벌이 자신을 모른 체하면 어쩌나 내심 걱정이 되기도 했다.

철갑똥파리는 달이 다하도록 뒤척였다. 옆으로 돌아누우려는데, 무당벌레가 두 눈 동그랗게 뜨고 자신을 지켜보고 있었다.

"뭐야. 왜 잠자지 않고?"

"쉿."

무당벌레는 고이 잠든 말벌을 살펴보며 철갑똥파리를 밖

으로 이끌었다. 그러고는 숨죽여 말했다.

"말벌은 왜 여왕벌을 만나려 하는 걸까?"

"글쎄?"

"혹시 아는 거 없어?"

철갑똥파리는 곰곰이 생각했다. 벌침에 쏘인 후, 의식을 되찾았을 때 말벌이 자신에게 들려주던 얘기가 생각났다.

"잘은 모르겠지만, 말벌은 이 세상에서 꼭 이루고 싶은 것이 있다고 했어."

"꼭 이루고 싶은 것?"

무당벌레는 짐짓 궁리하는 눈망울로 깜깜한 밤하늘을 쳐다보았다. 그러더니 조용히 읊조리듯 말했다.

"나도 너희와 함께하면서 이루고 싶은 것이 생겼어."

"그게 뭔데?"

무당벌레는 싱긋 웃으며 답했다.

"난 맘속에 바라는 게 없어서 홀로 떠도는 수밖에 없었어."

철갑똥파리는 묵묵히 무당벌레의 말을 들었다. 일기장에 글씨를 써넣어가듯 무당벌레가 담담한 목소리로 말했다.

"나는 바라는 것을 얻게 되었어. 나의 바람은 하나같지만, 하나가 아니야. 많은 것이 충족되지 못하면 나의 바람은 쓸모가 없어."

"그게 뭔데?"

무당벌레는 옅은 미소를 지었다. 그러더니 불쑥 말했다.

"내가 바라는 것은 너희야."

"우리?"

"베짱이와 함께 집을 만들 거야. 그리고 말벌과 너를 초대할 거야. 베짱이가 풀피리를 불면 나는 빙글빙글 팽이 춤을 출 거야. 그리고 더 많은 친구와 함께 밤이 새도록 파티를 할 거야."

"그거 멋진데? 내 친구도 데려갈게."

"네 친구? 꽃을 닮은 그 꿀벌?"

"……?"

철갑똥파리는 아차 싶었다. 순간적으로 떠오르기로, 무당벌레의 파티에 데려갈 이는 꽃가루미소 꿀벌이 아니었다. 얼음처럼 굳어 버린 철갑똥파리의 표정을 살피며 무당벌레가 물었다.

"왜 그래?"

"아…… 아니야. 그나저나 내일은 꿀벌을 찾을 수 있을까?"

"그러길 바라야지. 말벌도 여왕벌을 만나고……."

철갑똥파리와 무당벌레는 한동안 묵묵히 밤하늘을 쳐다보았다. 구름에 반쯤 가려 있던 온달이 환한 모습을 드러내며 웃었다.

철갑똥파리는 밤하늘에 떠 있는 둥근 달에 여왕벌은 어떻게 생겼을까를 그려 보았다. 금관을 두른 왕관에 꽃단장을 한 얼굴, 그리고 필시 품위 있어 보이는 몸가짐을 한 여왕벌, 그런데 그 여왕벌의 모습이 점점 다른 이의 모습으로 바뀌었다.

바로, 무당벌레의 파티에 제일 먼저 데려갈, 똥을 좋아라 하는 그님의 모습으로…….

다음 날, 좋은 일이 생길 것처럼 둥근 해가 화창하게 떴다. 철갑똥파리 일행은 밀밭 옆 꽃밭으로 날아갔다. 무당벌레는 나무가 자란 모양을 보며 동쪽 3리 길로 안내했다. 철갑똥파리 일행은 일벌들이 듬성듬성 왔다 갔다 하는 모양을 보며 어렵지 않게 갓 벌집을 찾을 수 있었다.

갓 벌집은 키 큰 이팝나무 중간쯤에 자리해 있었다. 갓 벌집 입구에는 창을 든 문지기 벌 두 마리가 지키고 있었다. 한 문지기 벌은 삼지창을, 다른 문지기 벌은 뾰족한 화살촉 창을 들고 있었다.

갓 벌집을 망원경으로 관찰하듯 바라보던 베짱이가 물었다.

"언제까지 기다리지?"

철갑똥파리가 대꾸했다.

"기다리지 않을 거야. 직접 찾아갈 거야."

이미 반쯤 겁을 집어먹은 베짱이가 말했다.

"경비가 삼엄한데?"

“벌들은 공격받지 않는 이상 먼저 공격하는 법이 없어.

”무당벌레가 답했다. 그 말의 의미를 아는 것처럼 말벌이 말했다.

“난 여기서 얌전히 기다리고 있을게.”

말벌은 편한 자세를 잡고, 언제 구해 왔는지 강아지풀 잎사귀로 자기 몸을 가렸다.

“좋아. 말벌이 들킬 염려는 없겠어. 준비됐으면 가자.”

철갑똥파리는 베짱이와 무당벌레의 부축을 받으며 날았다. 벌집에 가까워지자 철갑똥파리는 가슴이 두근거렸다. 두근거림도 잠시, 삼지창을 든 문지기 벌이 엄숙한 목소리로 이들을 불러 세웠다.

“거기 멈춰.”

벌집 입구에서 그나마 가까운 나뭇가지에 내려앉으며 무당벌레가 큰 목소리로 말했다.

“우리는 꿀벌 109호를 찾아왔어.”

“그건 안 돼.”

“뭐라고?”

잘 안 들리는 것처럼 무당벌레가 말했다. 문지기 벌이 한층 큰 목소리로 소리쳤다.

“안 된다고.”

“뭐라고?”

"글쎄, 안 된다니까."

"잘 안 들리는데 조금만 가까이 갈 수 있을까?"

문지기 벌은 어쩔 수 없다는 듯, 가까이 오라며 앞발을 흔들었다. 무당벌레는 냉큼 벌집 입구까지 다가가며 대뜸 물었다.

"왜 안 되는데?"

"왜 안 되느냐고? 글쎄, 그건……."

문지기 벌들은 서로를 멀뚱히 쳐다보며 허둥거렸다. 아마도 생긴 지 얼마 안 된 갓 벌집이라 이런 일은 처음 겪는 듯이 보였다. 그때 덩치가 말벌쯤은 돼 보이는 키 큰 수장 벌이 모습을 드러내며 말했다.

"당연히 안 되지. 우린 바쁘기 때문이야."

"바쁘다는 이유가 구실이 될 수 있을까?"

수장 벌은 심드렁한 표정으로 말했다.

"그렇다면 한 번 더 말해 주지. 우린 상상 이상으로 바빠."

"우린 꿀벌을 만나기 위해 멀고도 험한 길을 날아왔어. 제발 만나게 해 줘."

수장 벌은 고개를 가로저으면 콧방귀만 뀔 뿐이었다. 철갑똥파리는 밀밭 옆 꽃밭에서 꿀벌을 데려간 그 수장 벌임을 알아채고, 반가움과 야속함을 동시에 느꼈다. 철갑똥파리를 물끄러미 쳐다보던 수장 벌이 물었다.

"꿀벌 109호는 왜 만나려는 건데?"

철갑똥파리는 수장 벌이 자기를 기억하는 건 아닌가 해서 가슴이 뛰었다.

"보고 싶어서……."

"뭐?"

"꿀벌이 보고 싶어."

수장 벌은 헛웃음을 삼켰다.

"아니, 이 파리가 지금……, 참 내, 허허허……."

수장 벌은 어이가 없어 말을 잇지 못하겠는지 연신 헛웃음을 삼켰다. 문지기 벌들도 옆에서 수장 벌을 따라 히죽거렸다.

"허이!"

수장 벌이 문지기 벌들에게 기합을 주었다. 그러자 문지기 벌들은 창을 고쳐 들고 자세를 바로잡았다. 수장 벌은 마뜩잖은 표정으로 언성을 높였다.

"바쁜 우리 가지고 장난하려는 거야?"

베짱이가 천진난만하게 지나가듯 말했다.

"내가 보기엔 그다지 바빠 보이지 않는데……?"

"뭐?"

무당벌레가 베짱이에게 힐끔 눈치를 주었다. 수장 벌은 심기 상한 표정으로 철갑똥파리에게 대뜸 화를 냈다.

"만나고 싶어 왔다? 우리 벌들이 꽃가루를 모은다고 만만

하게 보여?"

철갑똥파리는 기죽지 않고 대꾸했다.

"그게 얼마나 대단한 일인데, 왜 너희를 하찮게 보겠니. 그리고 넌 마치 꿀을 만드는 게 자랑스럽지 않은 일처럼 말하는구나."

"그…… 그렇지? 그렇다면……."

아픈 곳을 찔린 것처럼 수장 벌은 말을 더듬었다. 틈을 주지 않고 철갑똥파리가 말했다.

"바쁘다는 말은 핑계처럼 들려. 너희가 두려워하는 진짜 이유가 뭐야?"

한결 수더분해진 말투로 수장 벌이 답했다.

"우린 꿀과 여왕님을 지켜야 해."

그 말을 꺼낸 수장 벌은 아차 싶었는지, 애먼 문지기 벌들을 꾸짖었다.

"너희는 뭐야? 도대체 뭐하고 있는 거야?"

"죄…… 죄송합니다."

차렷 자세를 취하는 문지기 벌들을 돌아보며 수장 벌은 옆머리에 난 조그만 더듬이를 긁적였다.

"그런데 우리가 왜 이런 문제로 고민해야 하지?"

수장 벌은 목이 뻣뻣한지 고개를 한 바퀴 돌리며 대뜸 소리를 질렀다.

"그냥 안 돼. 안 된다면 안 되는 거야."

철갑똥파리는 껵지게 말했다.

"그럼 여왕님께 전해 줘. 우리가 선물을 가지고 왔다고."

"어떤 선물?"

철갑똥파리는 뒤돌아 휘파람을 불어 누군가를 불러냈다. 말벌이 숨어 있다가 모습을 드러냈다.

"소개하지. 말 통하는 말벌이야."

수장 벌은 깜짝 놀라 하마터면 뒤로 자빠질 뻔했다. 말벌의 등장에 놀란 것은 수장 벌뿐이 아니었다. 무당벌레와 베짱이도 각본 없는 이 일에 해명이 필요하다는 듯 기겁했다.

"침입자다."

문지기 벌들이 촉각을 재단하듯 말벌에게 창을 겨누었다. 화살촉 모양의 창을 들고 있던 문지기 벌은 벌벌 떤 채로 창을 거꾸로 들었다. 말벌이 입을 열었다.

"난 너희에게 도움이 되고 싶어."

말벌은 창을 거꾸로 들고 있는 문지기 벌에게 다가갔다. 말벌이 다가서자 문지기 벌의 뒷다리가 한층 더 떨렸다. 화살촉 창을 들고 있는 문지기 벌은 아직도 자신이 창을 거꾸로 들고 있다는 것을 모르는 것 같다. 말벌은 문지기 벌의 창을 가볍게 집어 들었다. 그 모습을 지켜보며 수장 벌이 겁먹은 표정으로 말을 더듬었다.

“뭐…… 뭐하는 짓이야?”

말벌은 빼 든 창을 방향을 바로 해서 문지기 벌에게 도로 건네주었다. 그제야 창을 제대로 잡게 된 문지기 벌은 달구경하듯 눈을 휘둥그레 떴다. 말벌은 의젓하게 말했다.

“나의 뜻을 여왕님께 전해 줘.”

“곤충짐승 말벌의 뜻 따위…….”

“내 진심을 알아줘. 난 평화를 원해.”

수장 벌은 즉시 격투자세를 취했다. 의기양양한 말투와는 다르게 그의 뒷다리는 덜덜 떨고 있었다.

“난 싸움을 원치 않아.”

그때 일벌 하나가 다소곳한 태도로 수장 벌에게 다가와 뭐라 속삭였다. 수장 벌은 일벌의 귓속말을 다 전해 듣고는 말했다.

“잠깐 기다려. 여왕님께 여쭤봐야겠어.”

말벌이 왔다는 소식에 벌집은 그야말로 벌집을 쑤셔 놓은 것 같았다. 어디서 나타났는지 수많은 일벌이 공중에서 붕붕거리며 에어쇼를 했다. 문지기 벌들도 입구를 닫아야 하네 마네 자기들끼리 옥신각신했다.

이윽고, 수장 벌이 나타났다.

“말벌의 앞다리를 묶으면 들어와도 좋아.”

무당벌레가 나서며 단호한 표정으로 거절하고 나섰다.

"그건 안 될 말이야."

말벌이 개의치 않는다는 듯 무당벌레를 채근했다.

"괜찮아. 내가 위험하지 않다는 걸 증명할 좋은 기회야."

문지기 벌들이 말벌을 포박했다. 수장 벌은 말벌을 묶은 정도를 꼼꼼하게 살피더니 그제야 말했다.

"여왕님이 보자신다."

철갑똥파리 일행은 수장 벌의 안내를 받아 벌집 안으로 들어갔다. 벌집 안으로 들어서니 공중에 샹들리에처럼 매달린 육각형의 벌집이 제일 먼저 눈에 들어왔다.

수장 벌은 철갑똥파리 일행을 여왕벌의 방으로 안내했다. 여왕벌의 방에 가까워질수록 달콤한 꿀 냄새가 곳곳에서 풍겨 왔다. 여왕벌의 방 입구를 열자 바닥에 깔린 황금빛으로 빛나는 화려한 양탄자가 눈에 들어왔다. 꽃가루로 치장한 시종 벌들이 좌우로 즐비하게 늘어서서 고개 숙여 인사했다.

말벌은 죄수처럼 묶인 상태로 이들의 호의를 받는 게 어색하기만 했다. 황금 양탄자 끄트머리에는 여왕벌이 누워 있었다. 여왕벌은 상상했던 것과는 다르게 뚱뚱하고 비대했다. 특히나 여왕벌의 아랫배는 어찌나 큰지, 그 크기가 남산만 했다.

여왕벌은 커다란 아랫배 때문에 혼자 힘으로 움직일 수 없는 것 같았다. 네 마리의 일벌들이 여왕벌의 아랫배 주변에 모여 있다가 여왕벌이 움직이고 싶을 때마다 여왕벌의 아랫

배를 들고 이리저리 따라다녔다.

푸근한 인상의 여왕벌은 위엄 있으면서도 부드러운 목소리로 물었다.

"그대들이 나를 보고자 한 것이오?"

철갑똥파리 일행은 너나 할 것 없이 고개를 공손히 숙였다. 여왕벌은 앞다리가 묶인 말벌을 향해 말했다.

"미안해요. 얼마 전에도 말벌의 침략을 받은 일이 있었어요."

말벌은 고개를 끄덕이며 대꾸했다.

"그것에 관해 드릴 말씀이 있습니다. 저는 말벌들이 더는 이곳을 공격할 수 없게 만들고 싶습니다."

여왕벌은 놀란 표정으로 물었다.

"그대의 제안은 무엇인가요?"

"그전에 여기 있는 파리가 친구를 만날 수 있게 해 주십시오."

여왕벌은 철갑똥파리를 돌아보며 물었다.

"꿀벌 109호를 말하는 것인가요?"

철갑똥파리는 대답했다.

"네, 그렇습니다."

여왕벌은 유감스럽다는 표정을 지었다.

"꿀벌 109호는 감옥에 갇혀 있어요."

"네? 무슨 일로……?"

그 말을 하는 철갑똥파리의 눈동자가 좌우로 심하게 떨렸다. 여왕벌은 해명하듯 말했다.

"우리 꿀벌사회를 떠나 일탈을 꾀했지요."

"그런 것 때문에 감옥에 가두나요?"

여왕벌은 방안을 서성였다. 여왕벌의 아랫배를 들고 이리저리 따라다니는 일벌들이 땀을 뻘뻘 흘렸다.

"우리 꿀벌 왕국은 생긴 지 얼마 되지 않아요. 처음부터 기강이 해이해지면 왕국의 앞날이 힘들어지죠. 기강이 무너지는 것을 막기 위해서라도 조직을 거스르는 일벌은 엄히 다스려야 해요."

베짱이가 주둥이를 삐죽 내밀며 지나가는 목소리로 말했다.

"손님 대접이 형편없구먼."

무당벌레가 다짜고짜 베짱이 주둥이를 틀어막으려 했다. 그렇지만 키가 큰 베짱이의 입에 앞발이 닿지 않아 눈송이 맞은 강아지처럼 방방 뛰기만 할 뿐이었다.

"네? 지금 손님 대접이라 했나요?"

베짱이의 말을 반쯤 알아들은 여왕벌은 시종 벌들에게 앞발을 흔들었다. 그러자 시종 벌들이 꿀을 가지고 나왔다. 처음엔 꿀인 줄 알았는데, 자세히 보니 꿀이 아니었다. 꿀보다 색깔도 진하고 향도 깊은 게 꿀과는 많이 달랐다.

말벌이 외쳤다.

"이것은……, 로열젤리?"

여왕벌이 방긋 웃으며 말했다.

"네, 귀한 손님이니만큼 귀한 걸 준비했습니다. 맘껏 드시고 얘기는 천천히 하죠."

철갑똥파리는 꿀과는 다른 로열젤리란 무슨 맛일까 궁금하기도 했지만, 그보다는 감옥에 갇혀 있을 꿀벌을 생각하니, 제 아무리 로열젤리라 해도 목구멍으로 넘어가지 않았다.

철갑똥파리의 생각을 아는 것처럼 무당벌레가 분연히 일어나 말했다.

"우리가 여왕님의 말씀처럼 귀한 손님이라면 왜 정작 원하는 것을 들어주지 않는 거죠?"

여왕벌은 당황하여 말을 더듬었다.

"그…… 그것은……. 이미 말했다시피……."

철갑똥파리는 무당벌레를 말리며 말했다.

"제가 감옥으로 가서 꿀벌을 만나겠어요."

마침내 꿀벌 109호를 만나다

철갑똥파리는 감옥 안 복도를 걸어 들어갔다. 어두침침한 복도 끝 외딴 방에서 누군가 노래 부르는 소리가 들렸다.

"남산 위에 저 소나무, 철갑을 두른 듯~.♪"

철갑똥파리는 빙긋 웃으며 다음 소절을 불렀다.

"바람 소리 불편함은 우리 기상일세.♬"

감옥 창살 사이로 꿀벌이 앞발을 내밀었다. 철갑똥파리는 뛰는 가슴을 진정시키며 문 앞에 섰다.

철갑똥파리를 본 꿀벌은 한동안 말이 없었다. 꿀벌의 모습은 예상했던 것보다 훨씬 더 나빠 보였다. 햇빛을 오랫동안 쐬지 못해 해쑥해진 꿀벌의 야윈 얼굴은 더는 꽃을 닮지 않았다. 창살 사이로 내민 앞발도 앙상하기 그지없었다.

꿀벌은 눈물을 글썽이며 말했다.

"지금 내가 꿈을 꾸고 있는 거야?"

철갑똥파리는 꿀벌의 앞발을 고스란히 쥐었다.

"세상에 어쩌면!"

꿀벌은 감격에 겨워 눈물을 흘렸다. 생기에 찬 꿀벌의 눈망울은 그대로였다. 철갑똥파리는 꿀벌을 꼭 안고 싶었지만 감옥 창살 때문에 그러질 못했다. 이내 꿀벌이 눈을 동그랗게 뜨고 물었다.

"어떻게 여길 들어왔어?"

"네가 있는 곳엔 내가 있을 거야."

"왜?"

하고 많은 답 중에 하필이면 '왜?'라니……. 섭섭함이라는 삽이 마음 한 움큼을 파헤친 것 같다.

"넌 똥을 떠나 살 수 있어?"

비호같이 날아든 꿀벌의 물음에 철갑똥파리는 머뭇댔다. 체념한 듯 꿀벌이 말했다.

"난 꿀을 떠나 살 수 없어. 감옥 같지만, 이곳이 내 집이야."

어떤 말을 할 수 있을까? 철갑똥파리는 자신에게 말하듯 중얼거렸다.

"너로 인해 꿈꿀 수 있었어. 꽃에 가까운 나를……."

"난 그냥 일벌일 뿐이야."

꿀벌은 갑자기 태도를 달리해 입을 삐죽이며 말했다.

"피- 바보."

"왜?"

"네가 나에게 가리켜 준 노래. 넌 그게 무슨 노랜 줄도 모르지?"

철갑똥파리는 신음하듯 답했다.

"무…… 무슨 노랜데?"

"그건 애국가야. 넌 가사도 틀리게 알려줬더라? 바람 소리 불편함이 아니라 바람 서리 불변함이 맞거든……."

그 말을 하는 꿀벌이 한없이 얄궂어 보였다. 철갑똥파리는 꿀벌의 말소리가 귓속에서 윙윙거려 무슨 말을 하는지 더는 알아들을 수가 없었다. 그저 이 순간 바라는 것이 있다면 바늘구멍이라도 찾아 들어가 숨고 싶었다.

그때 감옥 입구에서부터 누군가 큰 목소리로 외쳤다.

"됐어."

돌아보니 말벌이 뛰어오고 있었다. 그 뒤를 무당벌레와 베짱이가 뒤쫓아 오고 있었다. 말벌은 철갑똥파리 앞에 멈추어 숨을 헐떡이며 말했다.

"여왕님이 허락하셨어."

"뭘?"

"우리 말벌들에게 꿀 만드는 방법을 알려주기로 하셨어."

"왜?"

말벌은 고개를 갸웃거렸다. 백지장처럼 하얗게 질린 철갑똥파리의 얼굴색이 아무래도 이상했다.

"왜냐고? 꿀벌과 말벌의 평화가 시작되는 거야. 꿀벌은 우리에게 꿀 만드는 방법을 알려주고 우리는 꿀벌을 보호해 주고."

"일개 말벌 하나가 무엇을 할 수 있지?"

말벌이 갑자기 헛기침하며 겸연쩍게 말했다.

"흐음, 이제 와 밝히지만, 난 말벌 왕자야."

베짱이가 뒤쫓아 와 수다스럽게 덧붙였다.

"대단하지 않아? 우리 친구가 왕자님이었어."

막 뒤따라온 무당벌레도 신이 난 표정으로 말했다.

"철갑이 넌 알고 있었지?"

철갑똥파리는 밀랍인형 같은 무표정한 얼굴로 입을 떼었다.

"꿀을 만들 수 있겠어?"

"해 보지. 뭐."

두 주먹을 불끈 쥐어 보이며 말벌이 말했다. 철갑똥파리는 고개를 가로저었다.

"말벌은 꿀을 만들 수 없어. 차라리 꿀을 나누어 달라 하지 그랬어?"

"왜 그래?"

말벌은 철갑똥파리의 비꼬는 듯한 태도가 이상하다고 느꼈지만, 이내 시선을 돌려 창살 안의 꿀벌을 바라봤다.

"네가 그 꿀벌이구나? 여왕님께 부탁해 금방 풀어 줄게."

꿀벌은 말벌 왕자를 살갑게 대했다.

"정말, 우리는 더는 말벌을 두려워하지 않아도 되는 거예요?"

"그럼! 내가 오랫동안 꿈꿔 왔던 것이 이뤄진 거야. 못된 곤충들이 얼씬도 하지 못하게 우리가 지켜 줄게."

그때 베짱이가 철갑똥파리를 보며 소리쳤다.

"철갑아?"

철갑똥파리는 쓰러졌다. 철갑똥파리는 친구들이 괜찮으냐며 아주 천천히 다가오는 것을 느꼈다. 그리고 꿀벌의 다음 말을 들으며 의식이 밧줄 끊어지듯 툭 떨어져 나가는 것을 느꼈다.

"어머! 등갑이 반들반들해졌네?"

혹등똥파리를 그리워하는 철갑똥파리

철갑똥파리는 수선거리는 소리에 눈을 떴다. 눈을 떠 보니, 자신은 육각 모양의 벌집 안에 있었다. 침낭 속에 드러누운 것처럼 육각형 벌집 안이 참으로 아늑했다.

"세상은 변할 거야."

중저음의 묵직한 목소리로 말벌이 무당벌레와 베짱이에게 무언가 말하는 것이 들려 왔다. 철갑똥파리는 육각 모양의 벌집에서 벗어나 친구들에게로 갔다. 베짱이가 반가운 얼굴로 호들갑을 떨었다.

"괜찮아? 무슨 기절을 그리 밥 먹듯 하냐?"

말벌 뒤에 있던 꿀벌이 고개를 내밀었다. 철갑똥파리는 감옥에서 풀려나 해맑게 웃고 있는 꽃가루꿀벌을 보니 다행이다 싶었지만, 다른 한편 꿀벌의 미소가 한없이 낯설게 느껴졌다.

"로열젤리야. 이거 먹고 기운 차려."

꽃가루꿀벌이 로열젤리를 내밀며 차분한 어조로 말했다. 철갑똥파리는 로열젤리 향을 맡았다. 떨떠름한 꽃향기가 진득한 로열젤리에서 물씬 풍겨 왔다.

썩 내키지는 않지만, 철갑똥파리는 로열젤리를 한입 떠먹었다.

'음냐, 이게 무슨 맛이냐?'

철갑똥파리는 절로 얼굴이 일그러지는 것을 느꼈다. 떫은 땡감가루와 비위 상하는 향신료를 잔뜩 입혀 놓은 개똥을 맛본 것 같다.

'로열이 아니라 거지 젤리가 따로 없네.'

오죽하면 자신을 보는 무당벌레와 말벌의 표정이 다 일그러져 있을까. 꿀벌이 톡 쏘듯 말했다.

"이러면서 꿀은 어떻게 먹었니?"

철갑똥파리는 꿀꺽 삼키며 천연덕스럽게 말했다.

"맛있네……."

눈치도 모르고 옆에서 베짱이가 깐죽거렸다.

"그럼 더 먹어."

"아니, 지금은 날고 싶어."

꽃가루꿀벌이 근심스러운 표정으로 말했다.

"아직 상처가 아물지 않았어."

철갑똥파리는 꿀벌과 이렇게 얼굴을 맞대고 말하는 것이 낯설고 어색했다. 어떻게든 이 자리를 피하고 싶었다. 무당벌레가 고개를 흔들며 말했다.

"곧 여왕님이 오실 거야."

"잠깐 갔다 오지 뭐."

철갑똥파리는 그 말을 하며 다짜고짜 친구들에게서 뒤돌아섰다. 뒤에서 부르는 소리가 들렸지만 무시하고 벌집 입구를 향해 냅다 뛰었다. 벌집 입구에서부터 쏟아지는 빛에 심장이 마구 뛰었다.

문지기 벌이 무슨 일인가 싶어 이쪽을 쳐다봤다. 철갑똥파리는 뛰어오르며 날개를 퍼덕였다. 그런데 아뿔싸! 날개가 펴지지 않았다. 몸은 공중에 붕 뜬 채로 줄 끊어진 시계추처럼 사선 방향으로 한없이 떨어졌다. 시야에서 문지기 벌의 어리둥절한 표정이 마지막으로 지나갔다.

'기절을 밥 먹듯 한다'는 베짱이의 말이 뇌리를 스쳤다. 그리고 '밥'이라는 그 말에 그리운 무언가가 떠올랐다.

철갑똥파리는 눈을 떴다. 이제는 베짱이가 '잠들기 위해 기

절해야 하는 파리'라고 놀려도 할 말이 없겠구나 싶었다. 주변을 살펴보니 달님이 배꽃 같은 빛을 던져 주고 있었다. 다행히 친구들 모두 잠자고 있었다. 특히 말벌은 코까지 드르렁 골며 단잠에 빠져 있었다. 말벌의 코골이 소리가 자장가처럼 들리는지 그 옆에서 꿀벌이 곤히 자고 있었다.

철갑똥파리는 꽃가루꿀벌의 얼굴을 내려다보며 만감이 교차하는 것을 느꼈다. 그리고 꿀벌의 얼굴에서 다른 이의 얼굴이 교차되어 보이는 것을 느꼈다. 그 이의 얼굴은 다름 아닌 혹등똥파리…….

그제야 철갑똥파리는 혹등똥파리가 자신에게 어떤 존재인가를 깨달았다. 시시때때로 떠올랐던 혹등똥파리의 얼굴은 갈등과 번민, 의심과 불확실, 그리고 이별과 연민 같은 복잡한 감정과 연관이 있었다. 그렇지만 이제는 혹등똥파리가 그리워 견딜 수가 없다. 철갑똥파리는 혹등똥파리의 진가를 이제야 알게 된 것에 대해 미안한 마음이 들었다.

철갑똥파리는 날개를 들썩였다. 낮에 날개를 펼 수 없었던 이유를 금세 알 수 있었다. 등갑과 날개에 마치 깁스를 한 것처럼 투명한 막이 감겨 있었다. 부드럽고 촉촉한 소재로 봐서는 육각 모양의 벌집을 만들 때 쓰는 재료 같다.

그제야, 잠결에 얼핏 들었던 말이 생각났다.

"이래야 아문 상처도 덧나지 않고 깨끗해져."

꿀벌이 자신의 등갑과 날개에 붕대 감아 주면서 친구들에게 했던 말이 기억났다. 철갑똥파리는 벽에 갈고리처럼 솟아나온 것에 투명 막을 긁어 냈다. 헤진 천 조각처럼 투명 막이 벗겨져 내렸다. 철갑똥파리는 헌옷처럼 널브러진 투명 막을 한동안 바라보다가 벌집 입구를 향해 발걸음을 옮겼다. 배꽃 달빛이 새나오고 있었다.

문지기 벌이 꾸벅꾸벅 졸다가 반쯤 풀린 눈으로 이쪽을 쳐다봤다. 철갑똥파리는 헛기침으로 인사를 대신하고는 날아오를 준비를 했다.

"잠깐."

돌아보니 꽃가루꿀벌이었다.

"가는 거야?"

"응, 여행을 끝낼 때야."

철갑똥파리는 거침없이 날아올랐다. 서늘한 밤공기가 날개를 타고 물 흐르듯 흘렀다.

'쉬잉~.'

철갑똥파리는 둥지를 향해 전속력으로 날았다. 저 멀리서 올빼미 우는 소리가 달빛을 타고 들려 왔다.

'똥맛'을 회복하다

어스름한 새벽빛이 밝아올 무렵, 철갑똥파리는 똥파리 마을에 도착할 수 있었다. 똥파리 마을 입구에 들어선 순간, 긴장이 풀어져서 그런지 알싸한 배고픔이 느껴졌다.

철갑똥파리는 문득, 주린 배에 똥을 넣고 싶어졌다. 똥파리 마을 입구엔 여기저기 똥이 널브러져 있었다. 곳곳에 널브러져 있는 똥은 딱딱하게 굳어 먹을 수 없는 똥이 대부분이거나, 아니면 다른 똥파리들이 먹다 맛이 없어서 버린 똥이 전부였다.

철갑똥파리는 그나마 먹을 수 있는 똥을 찾았다. 찾은 똥은 살짝 굳긴 했지만, 구수한 구린내가 따뜻한 온기를 전하며 살며시 풍겨 왔다. 철갑똥파리는 똥을 먹었다. 분명히 누가 먹다 맛이 없어서 버린 것일 텐데, 둘이 먹다 하나가 죽어도 모를 만큼 맛있었다.

철갑똥파리는 똥이 이렇게 맛있는 음식이라면 똥파리로 사는 것도 충분히 즐거운 일일 수 있다는 걸 새삼 깨달았다.

똥으로 배를 가득 채운 후, 철갑똥파리는 혹등똥파리의 둥지로 갔다. 혹등똥파리의 둥지는 배 없는 항구처럼 썰렁했다. 늦잠꾸러기 혹등똥파리가 이른 시각부터 자신의 둥지에 없는 일은 흔한 일이 아니었다.

그때 한 무리 똥파리들이 수다를 떨며 지나갔다.

"날래기똥파리 일당이 똥사발 맞았다며?"

"글쎄, 다 싸지도 않은 똥에 내려앉았다가 그만 파묻히고 말았다지 뭐야."

'쯧쯧, 좋은 똥 차지하려고 남들보다 일찍 서두르다 결국 똥사발 맞고 가셨군.'

철갑똥파리는 속으로 혀를 찼다. 순간, 날래기가 혹등똥파리를 꾀지 않았을까 싶어 가슴이 심히 울렁거렸다.

"혹등똥파리 못 봤어?"

"글쎄, 요 며칠 통 보이질 않더라고."

철갑똥파리는 누구도 혹등똥파리를 보지 못했다는 말에 흡사 가슴속 소중한 똥이 쏟아지는 느낌을 받았다.

'나 어떡해!'

철갑똥파리는 똥파리 마을 곳곳을 들쑤시며 혹등똥파리를 찾았다. 그렇지만 더듬이가 빠져라 찾아도 혹등이는 어디에고 나타나지 않았다.

그러다가 문득, 철갑똥파리는 자신이 즐겨 가던 언덕 봉우리가 생각났다. 똥파리 마을에서 조금 떨어진 야트막한 동산에는 개느삼, 미선나무, 금강초롱, 등의 꽃나무들이 많았다. 언덕의 꽃은 똥 같은 떨떠름한 향을 내뿜었다. 그래서 그곳 떨떠름한 언덕에는 똥파리들이 거의 출입하지 않았다.

철갑똥파리는 언덕 봉우리를 향해 부리나케 날았다. 더듬이가 휘날리도록 날고 있는데, 공중에서 하늘거리던 예쁜 나비 한 마리가 아는 체를 했다.

"똥파리야."

"누구?"

"나야. 비를 피해 네가 날 찾아왔었지."

철갑똥파리는 그제야 나비가 가시애벌레라는 것을 알아차렸다.

"아, 어떻게 된 거야?"

"본래 내 모습을 찾았어."

가시나비는 자랑스러운 듯 두 날개를 활짝 펴 보였다. 꽃문양이 예쁘게 수놓아진 가시나비의 날개가 눈부시게 아름다웠다.

"멋지다!"

철갑똥파리는 가시나비를 보며 연신 감탄했다. 가시나비는 멋들어진 날갯짓만큼이나 우아하게 웃었다. 그러고는 말했다.

"이게 다 네 덕이야. 너의 말이 내게 날개를 달아 주었어."

"그게 아니더라도 넌 지금처럼 아름다울 거야."

"네가 나를 씻겨 준 거 평생 잊지 않을게."

철갑똥파리는 가시나비와 헤어지며, 무당벌레의 파티에 데려갈 친구로 가시나비도 빼먹으면 안 되겠다는 생각을 했다.

철갑똥파리는 한달음에 날아 언덕 봉우리로 갔다. 언덕 봉우리 한가운데에는 자신이 노래 부르길 즐기던 개느삼 자락이 눈에 들어왔다.

그때 어디선가 노랫소리가 들려 왔다.

"남산 위에 저 소나무 철갑을 두른 듯~.♪"

철갑똥파리는 애국가를 따라 불렀다. 그곳에는 떨떠름한 꽃향기에 아랑곳하지 않고 혹등똥파리가 다소곳이 앉아 백옥 같은 목소리로 노래 부르고 있었다.

"바람 소리 불편함은 우리 기상일세.♪"

철갑똥파리는 혹등똥파리의 목소리가 이렇게 고왔던지 처음 알았다. 자신이 했던 것처럼 노랫말이 틀리는 것도 반가웠다. 철갑똥파리는 심호흡을 크게 한 번 하고 혹등똥파리에게 다가갔다. 막상 혹등똥파리 앞에 나서려는데, 무언가 찜찜했다.

'아, 세수를 안 했네.'

철갑똥파리는 열심히 세수했다. 혹시라도 입가에 침이라도 묻었을까, 옆구리에 똥 자국이라도 남아 있을까 싶어 얼굴과 몸을 정성스레 씻었다. 겨드랑이 구석구석도 열심히 닦고, 무엇보다 등갑이 번쩍번쩍 빛날 수 있도록 말끔히 손질했다. 그리고 마지막으로 콧수염 기른 멋쟁이처럼 더듬이가 날렵해 보이도록 다듬었다.

철갑똥파리는 최대한 찰진 목소리로 혹등똥파리를 불렀다.

"바보야!"

이쪽을 쳐다보는 혹등똥파리의 눈이 똥그래졌다.

"바람 소리 불편함이 아니라 바람 서리 불변함이야."

"뭐 어때? 누구한테 들려줄 것도 아닌데, 나 좋을 대로 부르면 되지. 뭐."

뚱한 표정으로 혹등똥파리가 답했다. 철갑똥파리는 천연덕스럽게 말을 받았다.

"이제부터 내가 들어줄 테니 제대로 불러."

"흥, 별꼴이야."

말은 그렇게 했지만, 혹등똥파리는 싫지만은 않은지 궁둥이를 붕붕거렸다. 궁둥이를 붕붕거리며 떠는 것은 혹등똥파

리가 기분 좋을 때 하는 행동 중 하나였다.

철갑똥파리는 대뜸 물었다.

"넌 알고 있었지?"

"뭘?"

"시치미 떼지 마. 꿀벌에 대해 알고 있었잖아."

혹등똥파리는 갑자기 쓸쓸한 표정을 지었다. 그러고는 말했다.

"난 네가 알고 울기보다는 모르고 웃길 원했어."

"왜?"

혹등똥파리의 눈망울이 살며시 떨렸다.

"너를 생각하니까……."

철갑똥파리는 가슴이 혹등똥파리의 궁둥이처럼 붕붕거리는 것을 느꼈다. 그 짧은 말에 자기 존재가 모두 담겨 있는 것 같다. 철갑똥파리는 붕붕 마음을 들키지 않을 요량으로 연막탄처럼 말을 터트렸다.

"넌 왜 여기 있어?"

"나도 너처럼 꽃이 아름답다고 느껴."

그녀의 말이 그의 가슴에 콕 박혔다.

"헤헤헤……."

침을 꿀꺽 삼키며, 철갑똥파리는 치장하듯 웃었다. 생각하기로는 자기가 세상에서 가장 바보 같은 미소를 머금고 있을 것이란 생각이 들었다.

"나, 변한 거 없어?"

"변해도 넌 너야."

혹등똥파리는 철갑똥파리가 나보라며 내민 반들반들한 등갑에는 눈길 한 번 주지 않았다. 철갑똥파리는 도마뱀꼬리처럼 말려 올라간 더듬이를 늘어트리며 진지한 태도로 말했다.

"아니야. 전에는 내가 누군지, 과연 내가 무언지가 중요했어. 그래서 먼 길을 찾아 헤맸지. 그렇지만 이제 그런 건 하나도 상관없어."

혹등똥파리는 철갑똥파리를 마주 봤다. 철갑똥파리를 바라보는 혹등똥파리의 눈동자가 목소리만큼이나 떨렸다.

"넌 특별해!"

철갑똥파리는 고개를 천천히 가로저으며 말했다.

"너 없는 난 아무것도 아니야."

햇빛에 반짝이는 혹등똥파리의 날개가 한없이 투명에 가까웠다. 그녀의 눈부시게 아름다운 날개를 어루만지며 철갑똥파리는 말했다.

"나도 너를 생각해."

그는 그녀와 입을 맞추었다. 순박하면서도 아름다운 개느삼 노랑 꽃잎이 불꽃 놀이하듯 바람에 흩날렸다.

개떡아빠

1판 1쇄 | 2016년 1월 25일

지은이 | 김세호
펴낸이 | 장재열
펴낸곳 | 단한권의책
출판등록 | 제251-2012-47호 2012년 9월 14일
주소 | 경기도 수원시 영통구 매탄동 현대홈타운 127동 304호
전화 | 010-2543-5342
팩스 | 070-4850-8021
이메일 | jjy5342@naver.com
온라인 카페 | http://cafe.naver.com/onenonlybooks

ISBN 978-89-98697-22-8 43810

값 | 13,500원